NOUVELLE COLLECTION NATIONALE

Autant de lecture que dans
un volume à 9 francs pour

95 cent.

l'ouvrage complet illustré

ADRIENNE CAMBRY

Une Forme Blanche

F. ROUFF, éditeur,
8, Boulevard de Vaugirard
PARIS

UNE FORME BLANCHE...

CHAPITRE PREMIER

LA porte s'ouvrit vivement, à l'une des extrémités de la grande salle claire, et l'infirmière-major passa la tête :

— Mademoiselle Roland, il nous arrive tantôt quatre officiers blessés. Faites disposer la salle IV. Vous vous occuperez spécialement d'eux. Mˡˡᵉ Carly vous aidera.

La voix était impérieuse, masculine ; les mots sortaient sans hésitation, posément, sûrs et comme dominateurs.

Du fond de la longue salle, où les lits, tous pareils, formaient une sorte de plate-bande très blanche, chaque couchette montrant une tête, parfois bandée, un groupe d'infirmières remua, se disloqua comme une compagnie de blancs pigeons s'ébroue tout à coup pour prendre son vol. Les coiffes palpitèrent ; des mots très bas furent chuchotés, et deux femmes, enfin, se séparèrent du groupe : Claire Roland et Blanche Carly.

Celle-ci, très jeune encore, vingt ans à peu près, s'effaça pour laisser passer Claire Roland, qui était plus âgée qu'elle.

Même, on ignorait que la trentaine approchait pour la jeune fille, car elle avait toute la fraîcheur, la belle netteté de physionomie de la première jeunesse. La coiffe, qu'elle portait très avancée sur le front, laissait à peine entrevoir quelques cheveux, près des oreilles, des cheveux fins, comme dorés.

Claire Roland et sa jeune compagne rejoignirent « la major » dans la salle de chirurgie.

— Mademoiselle Carly, il faudra venir une demi-heure plus tôt, le matin.

Blanche Carly fit une moue déçue.

— Avant huit heures ?

Mˡˡᵉ Joannet, infirmière-major, qui avait déjà « fait » le Maroc, la considéra avec pitié.

— Oui, ma petite, à sept heures et demie. Vrai, au mois de septembre, il fait jour... Et puis, cela vous fera du bien...

Elle tourna le dos, se mit à flamber des instruments, brillants dans un plateau blanc.

Claire et Blanche se dirigèrent vers la salle IV. C'était une pièce plus petite que celle où elles servaient en qualité d'infirmières ; elle ne contenait que quatre lits, qu'on avait voulus plus larges et plus beaux. L'ameublement était plus soigné ; quelque raffinement se révélait dans le choix des couvre-pieds.

— De l'ouvrage en plus ! soupira Blanche.

Elle était blonde et rose comme un Greuze très ingénu, très frais. L'étonnement de son regard candide, qui semblait interroger, avait une grâce chaste et tendre qui captivait tout de suite. Elle ne se pressait jamais, vaquait aux besognes avec un peu de nonchalance et « rêvassait » un tantinet, ainsi que le lui reprochait Mˡˡᵉ Joannet qui, elle, ne devait pas rêver.

Tout de suite, dans la salle IV, Blanche s'amusa aux détails, allant et venant comme une petite fille qui se laisse distraire par la mouche qui passe.

— Travaillons ! conseilla Claire.

Son visage avait une gravité naturelle que la douceur tempérait. Un peu de mélancolie flottait autour de toute sa personne, et il n'en fallait pas plus pour qu'elle retint l'attention, dès qu'on l'avait une fois regardée.

Souvent, dans la rue, en chemin de fer, en omnibus, elle sentait des yeux fixés sur elle, qui l'observaient, la suivaient. Et ce n'était pas ce qu'on pouvait trouver de séduisant en elle qui forçait ainsi l'intérêt, car des regards de femmes s'attardaient sur elle autant que des regards d'hommes.

Du mystère flottait autour d'elle : non dans sa vie, simple et franche, et que chacun connaissait.

Dans cette banlieue parisienne qu'elle habitait, avec sa famille, depuis plus de vingt ans, on n'avait, selon l'expression populaire, « rien à dire » sur son père, honnête chef de bureau de ministère, sur sa mère, pieuse et charitable personne, sur elle-même qu'on avait vue petite fille, élève de ce couvent où, en ce moment de la guerre, était installé l'hôpital auxiliaire.

Cette atmosphère mystérieuse qui enveloppait Claire Roland venait d'elle seule, de sa personne discrète et un peu distante, qui ne se familiarisait pas, quoique gracieuse, avec le souci d'être toujours courtoise. Son air mélancolique, souligné encore par cette habitude de tenir la tête un peu penchée de côté, attirait la curiosité de ceux qui, ne connaissant pas Claire depuis longtemps, ignoraient qu'elle avait toujours eu cet air et cette attitude.

Les femmes, — elles aiment expliquer ce qu'elles ignorent, — affirmaient que Mˡˡᵉ Roland devait avoir « un amour contrarié ». Les femmes mêlent volontiers l'amour à toutes choses et voient « du sentiment » partout.

En réalité, si Claire Roland n'était pas encore mariée, c'est qu'elle n'avait point, jusqu'ici, rencontré le mari de ses rêves. Plusieurs fois sollicitée de choisir, elle avait refusé.

Non qu'elle eût, comme trop de jeunes filles, reçu cette éducation superficielle et brillante, qui crée, entre la fortune que l'on possède et la situation à quoi l'on peut prétendre, des antinomies incompatibles.

Elevée simplement, experte à la tenue de sa maison, tendrement, mais sérieusement formée par une mère chrétienne, intelligente et d'esprit cultivé, Claire était prête à faire une épouse et une mère vraiment digne de sa tâche.

Mais la difficulté venait d'ailleurs ; Claire redoutait la mésalliance, la pire des mésalliances : celle des cœurs. Il est de ceux-là qui ne peuvent se rencontrer sans se faire intensément souffrir.

Claire, profondément croyante, redoutait le mari incroyant, qui, sans doute, tolérerait sa piété, mais avec la même indulgence qu'il mettrait à considérer ses chapeaux et ses toilettes. Elle craignait cette phrase, qu'elle avait entendue dire à bien d'autres, cette phrase accompagnée d'un certain sourire :

— Ma femme va à la messe ; je ne veux pas la contrarier pour si peu.

Ensuite, et bien que cela eût pour elle moins d'importance, elle appréhendait un mari de culture intellectuelle inférieure, sous les dehors parfois brillants d'un grand nombre de jeunes gens. Elle redoutait les bavards, les « snobs », les égoïstes, les vaniteux et, par-dessus tout, les vulgaires, si répandus partout, et dans les milieux les plus réputés pour leur distinction.

F. ROUFF, ÉDIT. — Paris 1927.

Toutes ces craintes l'avaient éloignée, non du mariage, mais d'un mari. Il est plus difficile qu'on le suppose de rencontrer un caractère moral répondant à l'idéal qu'on s'est créé.

II

LES quatre officiers étaient installés dans la salle IV : deux lieutenants, deux sous-lieutenants. Dans les lits blancs, ils dormaient, leurs pansements refaits à l'arrivée.

La « major » déclara :

— Pas intéressants comme blessures ; Mlle Kogan va encore se plaindre.

Mlle Kogan était une jeune Russe, étudiante en médecine, qui habitait l'hôpital en qualité d'interne. Elle n'avait plus que sa thèse à passer, et la guerre lui était apparue comme une occasion unique d'étudier la chirurgie de guerre. Au service de médecine, où étaient les malades, elle déployait un grand dévouement, donnait son temps sans compter, avec un peu de son cœur humanitaire, et humain jusqu'au sacrifice. Mais au service de chirurgie, elle entendait travailler pour elle, pour s'instruire, et ne cachait pas son dépit quand arrivaient à l'hôpital ce que l'on appelle « des petits blessés ». Ces petits blessés souffraient pourtant beaucoup parfois.

— Celui-là, avec son doigt coupé, il n'est pas intéressant, disait Mlle Kogan d'un air navré.

De fait, lorsqu'elle avait vu les quatre jeunes officiers, à leur arrivée, elle s'était mise à récriminer :

— Et puis ? Ce petit, avec le bras cassé, ce grand avec un tibia fracturé... Et les deux autres, quoi ?... Une main, un pied avec une balle.

Et secouant la tête, sa tête coiffée sans nul souci d'esthétisme ou de coquetterie, elle répétait tout bas sa phrase favorite :

— Pas intéressant... pas intéressant.

Claire Roland et sa jeune aide allaient et venaient, offrant à boire aux blessés, leur demandant avec douceur ce qu'ils désiraient.

Mlle Joannet prononça impérieusement :

— C'est moi qui leur rendrai les services nécessaires... vous comprenez... Mlle Roland, je vous les confie pour le reste.

Tout bas, elle ajouta, se penchant vers Claire :

— La petite Carly ne vous servira qu'aux courses, au ménage... elle est trop jeune, trop jolie...

La major prit un air rude, comme si l'évocation de la jeunesse, de la beauté, lui était une injure personnelle. Mlle Joannet avait dû, vingt ans plus tôt, être ce qu'on nomme populairement « un beau brin de fille ». Elle donnait, aujourd'hui que la quarantaine empâtait toute sa personne, l'impression d'une femme solide, masculine, à qui les mots et les choses ne font pas peur.

— Vous êtes d'attaque, vous, mademoiselle, lui disaient les ouvrières parisiennes.

Mlle Joannet souriait, relevant sa lèvre moustachue qui, vingt ans plus tôt, s'ombrait joliment d'un duvet bleu.

Blanche Carly allait nonchalamment d'un lit à l'autre, posant doucement les questions ordinaires :

— Vous êtes réserviste ?

— Que faites-vous dans le civil ?

— Où avez-vous été blessé ?

Le lieutenant Gilbert, figure énergique un peu rude, sourcil froncé, la regarda bien droit. Son œil avait les reflets bleus de certaines ardoises pâles, ces ardoises des pays du Nord, ternes dans la brume, chatoyantes sous le soleil, sèches et dures sous les reflets de certaines heures. De tels yeux pouvaient contenir d'infinies tendresses ou des duretés cruelles.

Blanche, intimidée, détourna son regard. Ses yeux, tendres comme les jeunes liserons de l'herbe, se reportèrent sur le voisin de François Gilbert, lieutenant réserviste de zouaves qui, « dans le civil », était un paisible employé de banque.

— Moi, je suis de l'active, fit Gilbert d'un ton sec.

Et sa tête se détourna vers la fenêtre, d'où venait l'air tiède de septembre.

Claire Roland, qui avait causé avec les deux sous-lieutenants à mine de grands collégiens, l'un à peine sorti de Polytechnique et incorporé sur l'heure, l'autre nouveau sorti de Saint-Cyr, se rapprocha de François, lui posant, elle aussi, les indispensables questions dont les réponses font que ce nouveau, tout à l'heure inconnu, cesse d'être un étranger.

Les yeux du jeune officier s'adoucirent, tandis qu'il disait à Claire :

— N'est-ce pas désolant d'être déjà immobilisé, après moins d'un mois de campagne ? Ce coup de baïonnette au bras, ça n'avait l'air de rien, mais un nerf a été touché et je ne puis faire aucun mouvement... à vingt-neuf ans...

— Ce n'est qu'un moment à passer, fit Claire d'un ton encourageant.

Le lieutenant eut de nouveau son regard dur :

— C'est la guerre qui passe, et je suis là comme un bon à rien !

— En tout cas, vous avez fait votre devoir.

François Gilbert s'agita, et son front se plissa sous la douleur que les mouvements lui causaient.

— Son devoir ! oui, on l'a fait ! Chacun a mis tout son cœur, et les courages, les héroïsmes ont éclos de toutes parts. Du dernier soldat au chef suprême, personne n'a compté avec sa peine. C'est avec le cœur qu'on gagne les batailles... nous serons vainqueurs parce que nous nous y donnons tout entiers.

Il parlait avec un accent profond. Sa voix avait des inflexions chaudes et prenantes. Son regard enfiévré était encore brillant du feu de l'action.

— Je suis né soldat ; nous sommes d'une famille de soldats. Mon père était colonel... il avait fait la campagne de 70... Je n'aurais pas pu avoir un autre métier... Et si j'ai des fils...

Claire l'écoutait avec un plaisir intérieur intense, sans éprouver le désir de parler elle-même, tant les mots qu'il prononçait et le ton dont ils étaient dits la ravissaient.

— Vous êtes brave ! murmura-t-elle.

Mais il se récriait :

— Nous sommes tous ainsi. Il faut voir un engagement, une charge à la baïonnette... Quand j'ai été blessé, mon capitaine est tombé à mes côtés, l'épée à la main, frappé au front. Son fourreau d'épée était tordu, et l'arme n'a pu y rentrer. C'est un emblème de bravoure ; on ferait une belle poésie avec cet épisode.

— Vous êtes poète ? demanda Claire.

— Quelquefois... pour moi seul.

Il ferma un instant les yeux, semblant mettre fin à l'entretien. Claire, pour se donner une contenance, car elle n'osait s'éloigner ainsi, se pencha vers la feuille de température, à la tête du lit. Elle vit le petit point révélateur, marqué sur la ligne qui indiquait trente-neuf.

— Reposez-vous, conseilla-t-elle alors.

Mais lui, comme s'il n'entendait point, racontait :

— Ah ! c'était un homme, notre capitaine ! Trente-trois ans, robuste, superbe... Dans peu de temps, il aurait été commandant... Et si bon avec les hommes. La plus belle compagnie du régiment. A chaque inspection, il recevait des éloges... Tout ça fini !... Et il laisse une veuve, deux jeunes enfants...

Dans les yeux bleus, des larmes brillèrent, et

Ils prirent alors la teinte des ardoises qu'arrose une pluie claire d'été.

— Quelle tristesse ! gémit Claire Roland. Que c'est malheureux !...

Mais lui se redressa, et son regard se durcit.

— Mais non ! protesta-t-il avec véhémence, mais non !... Il ne faut pas le plaindre ! Il ne faut plaindre aucun de ceux qui tombent au champ d'honneur ! Ils meurent les yeux fixés sur leur rêve, l'espoir plein le cœur...

— Il y a ceux qui souffrent, qui ne meurent pas tout de suite, les pauvres blessés...

— Oui... mieux vaut tomber comme mon capitaine.

L'entretien semblait se clore, non que le sujet de conversation pût manquer entre ces deux êtres tout vibrants de patriotique ardeur. Mais le jeune homme paraissait désirer du silence, tout à coup. Ses yeux s'étaient fermés, comme s'il dormait.

— Reposez-vous, répéta Claire en s'éloignant.

Elle ne vit pas qu'alors il rouvrait les yeux pour la regarder s'en aller. Elle glissait sur le parquet, souple et vive, silencieuse dans ses chaussures blanches sans talons, aux semelles en caoutchouc. Elle ne paraissait pas se presser, et cependant elle avançait rapidement entre les lits. Sa coiffe se soulevait doucement ; à quelques pas, François pouvait croire qu'il voyait une religieuse aller et venir. Il soupira longuement ; son œil se durcit, son front se plissa.

A ce moment, Mlle Joannet appela :

— Mesdemoiselles, voici l'heure des pansements !

III

FRANÇOIS Gilbert souffrait d'un mal moral intense ; élevé sans religion par des parents qui croyaient bien agir, ayant reçu eux-mêmes cette éducation sans foi, il éprouvait, depuis plusieurs années déjà, ce trouble qui vient de l'absence d'harmonie entre les désirs les plus intimes et la conduite de la vie. Il sentait que ses principes manquaient de base, et que, si c'était très bien d'éviter le mal parce qu'il est le mal, cependant la mesure manquait à sa conscience pour discerner ce mal et l'éviter.

Encore n'était-ce point là qu'il trouvait le plus grand motif de souffrance, mais dans une sécheresse d'âme, née du manque de consolation et d'espoir.

Aussi, François avait-il eu, à maintes reprises, des crises de révolte intérieure qui menaçaient de le ranger parmi les éternels mécontents de la vie. Par bonheur, il avait écouté les conseils d'un vieil ami de sa famille, ancien officier, qu'il aimait beaucoup et qui avait toujours eu sur lui une grande influence. Il suivit, sur la fin de ses études, l'avis que lui donna cet ami et prépara Saint-Cyr. La vie militaire sembla le transformer, lui rendre confiance en lui, même le rattacher à l'existence en lui faisant comprendre ce qu'il ignorait : la beauté du sacrifice.

L'activité physique, le commandement, qui marche si bien avec l'obéissance, chacun ayant à la fois à commander et à obéir, la discipline absolue enchantèrent cet esprit un peu flottant.

Malheureusement, François manquait toujours de cet appui solide que la croyance élève autour des principes pour les empêcher de fléchir ou, tout au moins, de s'écrouler.

Une femme, qu'il rencontra sur son chemin, devint son mauvais génie.

Mlle Joannet avait à peu près deviné, lorsqu'elle disait à Claire Roland, que son âge mettait en état de recevoir quelques confidences :

— Ce garçon-là a « une histoire » dans sa vie.

Tout de suite, le mot avait déplu à Claire.

— Il a la physionomie si honnête, fit-elle, d'un ton qui défendait François.

— Ça n'empêche rien, mon petit ! Je ne vous dis pas qu'il a une vilaine histoire, vous comprenez. Non ! mais une histoire d'amour, tout simplement.

La major, qui n'avait jamais retenu quelque soupirant à ses côtés, voyait partout des histoires sentimentales. Mais ce n'était pas, comme la plupart des femmes, pour les admirer et s'en attendrir : c'était pour les blâmer, les railler, et jeter le mépris sur ceux à qui elle les attribuait.

— Ces jeunes gens, vous comprenez... ils sont tous pareils. Vous croyez que c'est tous des petits saints, vous, parce que vous ne voyez que le bien, le beau. Vous planez... Ah ! quand vous aurez mon âge, et surtout si vous passez, comme moi, par les hôpitaux !

Mlle Joannet évoquait volontiers son expérience professionnelle, ses séjours près des malades. Elle n'était pas de ces femmes du monde, infirmières-amateurs, qui ont conquis leur diplôme en travaillant pendant quelque temps pour n'y plus songer ensuite et qui aujourd'hui, disait la major, encombraient de leur maladresse les hôpitaux auxiliaires. Mlle Joannet gagnait sa vie en soignant les autres. Elle avait « fait » le Maroc par deux fois. Dans de grandes catastrophes publiques, dans les cataclysmes qui font des milliers de victimes, on la demandait au Comité central de son Association. Elle était connue des chirurgiens cotés, des sommités médicales.

François Gilbert, précisément, l'appelait près de son lit :

— Madame...

— Mademoiselle, interrompit Mlle Joannet.

— Alors, mademoiselle, il viendra peut-être quelqu'un qui demandera à me voir.

— C'est tout naturel, mon petit. Les visites sont reçues de midi à trois heures, le jeudi et le dimanche.

— C'est que...

Le visage un peu pâle, les joues creusées s'empourprèrent.

— C'est votre mère ?... Elle a eu déjà le temps de venir ? Ou bien était-elle à Paris ?... Car je crois que vous êtes Franc-Comtois... Vous n'habitiez pas Paris ?

L'autoritaire vieille fille posait les questions avec rapidité et précision. Puis, l'interrogatoire achevé, elle restait devant le jeune homme, comme attendant qu'il répondît à chacune de ses interrogations.

Mais François n'était pas pressé de satisfaire ce qu'il comprenait bien être de la curiosité plus que de la sympathie.

— En effet, dit-il, ma famille habite Besançon, où j'ai été élevé. Moi, j'étais en garnison à Epinal.

Il en restait là de ses révélations. Mlle Joannet craignit qu'il se contentât de savoir que les visites étaient reçues le jeudi et le dimanche. Elle insista :

— Alors, c'est votre maman qui doit venir ?

— Non, répondit François avec une nuance de mécontentement. Et, très vite, pour ne pas subir un nouveau questionnaire, il ajouta :

— C'est une dame.

Le visage de Mlle Joannet se durcit, et sa lèvre un peu moustachue se releva, méprisante. Il lui déplaisait que ce jeune homme, qu'elle ne pouvait s'empêcher de trouver « très bien », fût l'objet d'une quelconque attention féminine.

— Ah !... fit-elle avec un sourire sans grâce, c'est une dame ? Jeune, sans doute ?

— Jeune, oui.

— Parbleu !... Et... c'est une parente, probablement ?

François toisa la major. Ses yeux se durcirent à un tel point que Mlle Joannet, qui se vantait volontiers de dire toujours « ce qu'elle avait sur le cœur », se récria, devant la mine courroucée du jeune lieutenant :

— Pas besoin de rougir et de prendre des petits airs de chat en colère ! Vous voilà hérissé, ma parole ! Vienne vous voir qui veut, hein ! L'essentiel, c'est que votre blessure guérisse. Et vous êtes en bonne voie.

A petits coups secs et pressés, elle tapotait le couvre-pied, redressait les oreillers. Elle était habile à tous les mouvements de garde-malade, sachant soulager le blessé en disposant sa literie suivant les cas. Elle avait une manière adroite pour le soulever, le déplacer dans son lit sans lui causer de souffrance.

En cet instant apparut Claire Roland, toute mince et blanche. Mlle Joannet lui enviait sa sveltesse, tout en la raillant.

— Voyez la belle enfant !...

Elle disait cela comme à elle-même, à mi-voix, et d'un ton rogue, assez étrange et inexplicable.

Quelle vague rancœur cette robuste femme pouvait-elle nourrir contre la vie ? Quelle amertume lui donnait la vue de cette jeunesse charmante de fraîcheur ?

Mais Claire, s'approchant discrètement, murmurait à l'oreille de la major :

— Quelqu'un demande à le voir : une dame, m'a-t-on dit.

Et Mlle Joannet répéta, en recommençant sa moue :

— Parbleu !...

Elle sortit.

Claire passait, regardant devant elle, dans le vide. Un mot, dit très bas, l'arrêta :

— Mademoiselle !

C'était François qui l'appelait. La jeune fille s'approcha du lit, s'appuyant légèrement à la barre de cuivre, faisant ainsi face au blessé.

— Vous avez besoin de quelque chose ?

— Oui... C'est-à-dire : si vous avez un peu de temps, j'aimerais causer avec vous.

Le fin visage de Claire s'illumina d'un rose transparent.

— Nous avons toujours un moment pour causer avec les blessés, répondit-elle. Nous sommes ici pour les soigner et les distraire.

François prit un visage attristé.

— C'est vrai ; je ne saurais vous accaparer : vous vous devez à tout le monde, sans préférence.

Elle craignit de l'avoir mécontenté.

— Vous ne me comprenez pas, lieutenant. Nous nous devons à tous, mais il ne nous est pas interdit de nous attarder un peu au chevet de ceux que notre présence console. Il est des malades qui n'ont besoin que de soins matériels ; il en est d'autres qui demandent des consolations.

François Gilbert retourna la tête sur l'oreiller, en fermant les yeux.

— Merci, dit-il rudement. Je n'ai pas besoin d'être consolé.

Claire soupira. « Je l'ai froissé », pensa-t-elle. « Mais il me paraît difficile à contenter, et son caractère n'est pas sans nuages. »

IV

OUT en accomplissant les diverses besognes de son service, Claire Roland, comme malgré elle, observait la personne qui avait demandé à voir le lieutenant Gilbert.

Cette personne s'était familièrement assise sur le pied du lit, alors qu'une chaise était libre au chevet du blessé. Cette attitude sans façon déplaisait déjà à la jeune fille dont la charmante simplicité était faite de réserve et de distinction.

Ensuite, elle remarqua la toilette. Un homme sérieux se plaît, souvent, aux excentricités de la mode, aux exagérations de la coquetterie dont il s'amuse, bien qu'il ne les tolérerait chez sa femme ni chez sa fille. Mais une femme, dès que ces choses ne sont point dans ses goûts, ne s'en amuse pas et s'en sert comme base aux jugements qu'elle portera sur une autre femme.

Donc, tout de suite, le jugement de Claire fut sévère vis-à-vis de la personne qu'elle voyait. Une toilette tapageuse, malséante en tout temps, mais choquante en ces jours de malheurs publics, un air cavalier, une allure trop dégagée, trop assurée, apparurent à Claire Roland comme les signes extérieurs et révélateurs de ce qu'elle détestait le plus au monde : la femme frivole.

Que François Gilbert, qui lui semblait être un homme très sérieux, comptât dans sa famille une telle femme, c'était une constatation qui fut pénible à la jeune fille.

Claire Roland n'avait pas atteint la trentaine sans prendre une certaine expérience de la vie. Sa mère, sûre d'elle, la laissait librement circuler et agir. Elle n'ignorait pas que trop de jeunes hommes se laissent prendre, dans la vie, au charme superficiel et grossier de certaines femmes jusqu'à sortir, pour leur plaire, du droit chemin. Elle savait que beaucoup d'entre eux manquent toute leur existence parce que le hasard les fit, un jour, rencontrer une de ces femmes et qu'ils eurent la faiblesse de les suivre. Et, ce qui la déconcertait le plus, c'était que tant d'hommes allassent vers de telles femmes, alors qu'ils avaient le bonheur près d'eux.

Tout de suite, donc, Claire comprit que François Gilbert ne devait être lié à celle-ci par aucun lien de parenté, mais plutôt par un de ces malheureux hasards qui se plaisent à réunir deux êtres pour que l'un fasse le malheur de l'autre.

Et tout de suite aussi, une pensée traversa l'esprit de Claire : « Si l'on pouvait l'arracher à cette femme ! »

D'un coup d'œil, elle devinait ; elle voyait ce jeune homme engagé dans une sotte aventure qui entraverait peut-être cette belle carrière dans laquelle il était entré. Si Dieu le ramenait de la guerre, il aurait un avancement rapide, les cadres se trouvant, hélas ! certainement dégarnis. Quelle influence néfaste peut avoir une femme sur la situation d'un homme, surtout d'un officier dont la vie doit être toute de droiture !

Un rire forcé, presque méchant, retentit dans la salle claire, toute imprégnée de silence, comme les endroits de souffrance ou de prière. Les trois autres officiers, qui avaient discrètement affecté de causer entre eux, tournèrent la tête, surpris de ce rire soudain, qui sonnait doublement faux dans les circonstances.

La voix de la jeune femme se haussait ; François Gilbert paraissait mécontent, et l'on devinait qu'il s'efforçait de modérer le ton de la visiteuse.

Alors, sur le seuil, apparut Mlle Joannet. Elle eut vite compris d'où venait le rire intempestif. Son regard sévère se fixa vers le lit du lieutenant Gilbert ; puis, en trois grandes enjambées, elle fut près de lui.

— Il faut parler bas, madame ; c'est le règlement.

L'autre la toisa, avec un sourire d'ironie pour la croix rouge que la major portait au centre de son tablier, et, de nouveau, son rire insolent vibra.

— Tiens ! cette idée ! fit-elle d'un ton vulgaire. Ça distrait les blessés, quand on rit ! Vous n'allez pas les tenir comme en prison, ces garçons-là !

D'un petit air sentencieux, elle ajouta :

— Après tout, c'est eux qui nous défendent. Ils ont bien mérité qu'on les amuse ! Et ça n'est pas des prisonniers !

Mlle Joannet se redressa, impérieuse.

— Nous connaissons nos devoirs et n'avons pas besoin qu'on nous fasse la leçon.

Puis, tirant sa montre :

— D'ailleurs, madame, il est l'heure que vous partiez.

Elle s'éloigna, sévère, laissant la jeune femme assez décontenancée, mais chuchotante.

— Non, mais des fois...

Cependant, n'ayant pas produit l'effet escompté, elle arrêta la phrase qui venait. Les trois jeunes officiers avaient pris des airs froids, indifférents

trer les pleurs importuns, car Mlle Joannet, l'insensible major, eût raillé son chagrin.

Ce fut Claire Roland qu'elle rencontra. Les deux jeunes filles étaient en termes d'affectueuse sympathie, maternelle chez l'aînée. Claire sentait en la jeune infirmière un de ces petits cœurs tendres, qui savent aimer, se dévouer pour un être cher et s'enfermer dans le nid chaud et étroit de la famille. Elle lui souhaitait de bon cœur un mari qui la rendît heureuse, car ces petits êtres tendres ne sont pas faits pour la douleur.

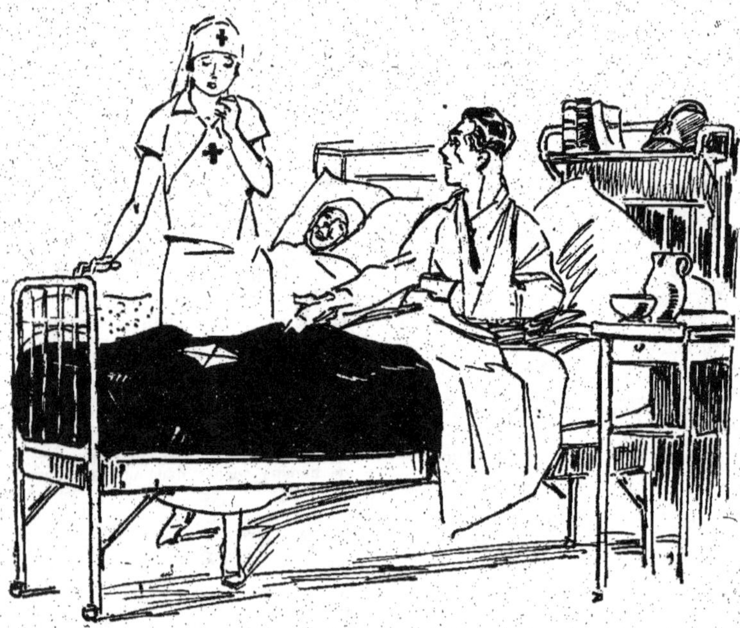

— Ma lettre fit le lieutenant (p. 9).

à cette beauté tapageuse, qui laissait derrière elle un sillage violemment parfumé.

La jeune Blanche Carly passait. Elle avait des façons molles et indolentes de demander :

— Ça va mieux !

Quand il la voyait s'arrêter à son chevet, le lieutenant Gilbert prenait un air agacé. Un peu raide, il répondit :

— Ça va très bien, merci !

Blanche prit la mine d'une petite fille qui va pleurer.

— Oh !... comme vous me dites ça, monsieur !

Timide, elle n'osait l'appeler « lieutenant ».

François répéta, railleur :

— Monsieur !... Vous êtes « civil » en diable, vous ! Je suis sûr que vous dites : « Le costume », en parlant de notre uniforme !

Cette fois, les yeux de myosotis s'emplirent de larmes, et furent comme deux petits lacs purs reflétant le ciel.

— C'est mal, de me dire cela !

Elle s'éloigna, tête baissée, s'efforçant de ren-

Quand elle eut un peu causé avec Blanche, elle se rendit compte que la jeune fille, très sentimentale, n'avait cependant été émue encore par personne. Il fallait craindre cette première émotion. Auprès de ces natures sans grande personnalité, toutes prêtes à subir une influence, le premier aimé est, trop souvent, le premier venu, au sens vrai de ce mot. C'est ce premier venu qu'il est essentiel de reconnaître tout de suite, afin de l'éloigner à temps, s'il n'est pas digne du rôle délicat d'initiateur à la vie.

Pourquoi, en remarquant avec quelle attention Blanche s'occupait de François Gilbert, Claire eut-elle cette pensée rapide : « Il lui faudrait un tel époux ? » Mais pourquoi, en même temps, cette pensée lui fut-elle désagréable ?

Aussi, en croisant la jeune fille dans la grande salle, Claire s'aperçut-elle tout de suite des bouleversements de ce jeune visage.

— On dirait que vous voulez pleurer ? Est-ce que c'est Mlle Joannet ?...

L'infirmière-major avait la spécialité de faire pleurer Blanche Carly, dont la sensibilité, que rien encore n'avait émoussée, s'exaspérait sous une observation présentée sans douceur. C'était toujours Claire Roland qui, dans ces cas difficiles, apaisait les choses. Elle possédait ce double talent de rendre Mlle Joannet plus amène et de calmer Blanche en la persuadant qu'elle s'exagérait l'importance des plus petites choses.

La confiance régnait entre les deux jeunes infirmières ; Blanche Carly ne quittait pas Claire Roland, était son aide et subissait son autorité douce, faite de bienveillance et de loyauté.

— Ce n'est pas Mlle Joannet ; ce n'est personne.

Claire n'en crut pas un mot ; mais elle était discrète et savait, d'ailleurs, qu'il ne faut jamais forcer les confidences. Elles sont farouches comme les oiseaux, qui s'apprivoisent par la patience, mais s'enfuient devant la précipitation.

N matin arrivèrent des tirailleurs algériens, et il y eut grande effervescence à l'hôpital. Tout de suite, les zouaves hospitalisés déjà déclarèrent que « ces gaillards-là, c'est tous des farceurs ». Un peu d'agacement leur venait des gâteries prodiguées aux Algériens, des rires qui soulignaient leur parler enfantin.

— C'est des ruses pour carotter.

Parmi ces Algériens, tous superbes avec la haute chechia, la petite veste et le large pantalon, plusieurs avaient fait des campagnes au Maroc et portaient avec fierté les médailles sur leur large poitrine.

Deux d'entre eux, Musulmans pieux et dignes, prodiguaient les salutations, les baise-mains, les gestes d'obsécration. Un autre, de race turque, d'un type très différent, moins mystique, parlant mieux le français, fut tout de suite l'enfant gâté.

— Ali, mal partout.

Il prenait l'air malheureux, avec des regards plaintifs d'enfant.

— Ali « mour ».

On le consolait, chacun s'empressant autour de lui. Un bras en écharpe, il répétait :

— Blessé... capi...

Le lieutenant Gilbert qui, maintenant, se levait, remarqua la douceur de Claire qui, tout de suite, était prise pour confidente par le tirailleur.

— Toi, ti es mon mère.

François admirait cette divination des êtres simples et des animaux qui vont, d'instinct, vers les bons cœurs, vers ceux qui les comprennent et les aiment.

Malgré lui, le lieutenant Gilbert suivait les allées et venues, les faits et gestes de Claire Roland, plus que ceux des autres infirmières. Ces claires formes féminines, silencieuses et attentives, au milieu desquelles il vivait, étaient douces à sa rudesse native qui cachait mal sa foncière bonté. Ce qui lui manquait encore, après la foi, c'était d'avoir senti son cœur battre, de s'être évadé des attachements matériels, que ne purifie nul idéal ; c'était d'avoir vraiment aimé et d'avoir souffert à cause de son amour.

— Vous êtes si bonne ! dit-il, ce jour-là, à Claire Roland dont le visage un peu pâle s'illumina d'un sourire.

— Qu'en savez-vous, lieutenant ?

— J'ai deviné cela tout de suite.

— Vous vous trompez peut-être.

— Que non !... Je m'y connais.

— Sur quoi basez-vous votre jugement ?

François aimait regarder Claire dans les yeux tandis qu'elle parlait. Jamais regard de femme ne lui avait paru plus intelligent avec charme, car il est des intelligences qui se révèlent sans attrait, qu'on estime, qu'on peut admirer, mais qu'on n'aime pas.

Il eut un sourire plein de douceur, étrange sur cette physionomie un peu rude de soldat.

— Mon jugement, fit-il, c'est plutôt une impression, et comme je suis très sensitif, je juge très juste du premier coup.

— Vous n'êtes pas modeste ! riposta gaiement la jeune fille. Rien ne trompe comme une impression, et nous devons nous méfier de notre sensibilité, de notre facilité à apprécier de petites nuances qui ne sont rien dans l'ensemble d'un caractère.

François ne répondit pas tout de suite.

— Je savoure vos paroles, fit-il, après un silence. Tout ce que vous dites est sensé, plein de justesse et de mesure : c'est là des qualités si rares chez une femme !

— Je n'accepte pas le compliment ; mais je proteste au nom de mes sœurs. Croyez-vous que les hommes leur soient tant que cela supérieurs ?

— Non ; ils ont des qualités et des défauts qu'elles n'ont pas, voilà tout !

— Aux qualités qu'on exige d'une femme, combien d'hommes seraient capables d'être femme ! s'écria gaiement Claire Roland. Allons, vous êtes misogyne ; mais cela passera, avec l'âge.

François leva les yeux vers le plafond blanc, que la lumière des grandes baies rendait chatoyant.

— Vous devez être croyante, fit-il ; j'ai deviné cela.

— Et si vous vous étiez trompé... pour cette fois ?

— Cela m'attristerait fort. Mais je ne me trompe pas !

— C'est vrai : je suis croyante, absolument. Mais pourquoi seriez-vous chagrin du contraire ? Et d'abord, êtes-vous croyant vous-même ?

Ainsi amenée, la question qui intéressait si fort Claire Roland ne paraissait plus le moins du monde indiscrète. Elle arrivait comme naturelle, simple résultante des propos énoncés à l'instant. Aussi ne froissa-t-elle point François, assez chatouilleux sur ce chapitre.

— Il me serait difficile de vous répondre par oui ou par non, dit-il. Si je vous déclare que je ne crois pas, vous en concluerez logiquement que je trouve inutiles les croyances et que je me félicite de n'en pas avoir. Et si je vous dis que je crois, je mentirai.

— C'est complexe, en effet. Mais vous êtes sur le chemin de la foi, voilà tout.

— Il y a des chemins qui se perdent, qui ne mènent nulle part...

Blanche Carly approchait ; ce fut assez pour arrêter la phrase.

— Cette petite est insignifiante, murmura François.

Claire eut un geste rapide de discrétion :

— Elle ?... quelle erreur ! C'est un petit cœur exquis !

Entre elle et le lieutenant, un sentiment étrange, fait de sympathie et de confiance, s'accentuait d'heure en heure. Sans presque rien savoir de leurs existences respectives, il leur semblait se connaître depuis longtemps et s'être devinés dès l'abord.

François se remémorait un roman qu'il avait fort goûté, naguère encore, et dont le titre seul disait la trame : « Ils se cherchaient. »

Ils se cherchaient sans le savoir et, un jour, se rencontrant, ils sentaient tout à coup qu'ils s'étaient trouvés.

Cependant, il n'associait encore que la pensée, quasi abstraite, suggérée par Claire Roland à cette idée d'une sorte d'âme-sœur cherchée et vue tout à coup.

C'est pourquoi, à la vue de Blanche, qui passait un peu triste, il détourna les yeux, car il ne savait trop, en ces heures troubles, en quelle forme féminine il devait placer son idéal.

VI

DANS un angle de la salle d'opération, Mlle Joannet lisait un papier. Il était sept heures à peine; le jour, tombant d'un plafond vitré, s'étendait en nappes claires sur les murs de faïence blanche, sur les tablettes de verre, sur les instruments nickelés. Le dallage était humide encore, bien lavé, brillant; les cuivres des fontaines avaient la teinte de l'or pâle. Dans une vitrine blanche, des outils délicats et inquiétants s'alignaient par catégories et par tailles : longues pinces pareilles à des antennes, ciseaux courbes, couteaux bizarres, raclettes et curettes, sondes et stylets, petites armes d'aspect anodin, et si terribles pourtant, quand elles interviennent dans notre chair douloureuse.

Cette pièce était le temple de l'infirmière-major, sa gloire et son domaine. C'était l'endroit où sa silhouette blanche prenait toute sa valeur. On comprenait qu'elle se trouvait là en pays de connaissance, familière avec tous ses instruments, qu'elle maniait, démontait, employait d'une façon qui lui avait toujours valu les éloges des chirurgiens qu'elle aidait.

François Gilbert, en la voyant un jour au milieu de la pièce claire, avait fait cette remarque :

— Elle me rappelle une fermière de mon pays qui a tout à fait cet air-là quand elle se tient au milieu de ses volailles.

En ce moment, il eût été périlleux de venir lui conter quelque détail de service sans importance, comme, par exemple, que le « six », un bon campagnard, se refusait énergiquement à prendre certain remède dont il n'était pas coutumier. Mlle Joannet lisait un papier. Elle commettait une grosse indiscrétion, car ce papier n'était autre qu'une lettre.

Certes, elle la rendrait. Mais...

Mais pas avant de l'avoir lue.

Mlle Joannet s'était fait une morale spéciale; elle était de ces femmes qui se trouvent le droit d'aller fouiller dans la chambre de leurs bonnes, « pour se rendre compte »; elle était de ceux qui lisent les lettres en cachette, interrogent les tiroirs, profitent des hasards pour violer les secrets des gens. Elle se disait, pour se justifier à ses propres yeux : « Ça ne va pas plus loin que moi; je n'en dis rien à personne. »

De fait, le secret était violé, elle le gardait pour elle. Jalousement, elle conservait en soi les choses arrachées à l'ombre; c'était comme un cambriolage qu'elle accomplissait seule, sans recourir ensuite à un recéleur.

Comme Claire Roland entrait dans la salle de chirurgie, Mlle Joannet lui cria, plus haut qu'elle n'avait coutume dans ce lieu de silence :

— Inutile que vous veniez, ma chère. Les instruments sont flambés.

Claire, cependant, tenait en main un plateau blanc et répondait :

— J'apportais les pinces qui ont servi pour le vingt-six... Ce n'est pas flambé.

— Ah !...

La major était déçue; elle ne pouvait s'opposer à l'entrée de Claire, qui accomplissait sa besogne.

— Alors, venez.

Mlle Joannet glissa le papier dans sa poche, mais si prestement que celui-ci glissa et tomba, au lieu de s'engouffrer dans les plis vastes du grand tablier blanc.

Précisément, Claire se trouvait aux côtés de l'infirmière-major. Poliment, elle se baissa dans un mouvement rapide de prévenance et ramassait le papier, avant que Mlle Joannet, plus lourde, pût faire un mouvement.

Claire Roland avait eu le temps de voir, malgré elle, la première ligne de la lettre, car c'était bien une lettre que lisait Mlle Joannet.

Et Claire avait déchiffré la grosse et longue écriture féminine qui disait : « Mon petit François, je t'écris... » Elle n'avait rien lu de plus. Pourquoi, en cet instant, fit-elle un rapprochement entre la femme élégante qu'elle avait vue au chevet du jeune officier et la signataire de cette lettre ?

Mlle Joannet, prise et surprise dans l'exercice de son indiscrétion, crut habile de faire face carrément. C'était encore une de ses manières d'agir : on ne pouvait lui refuser d'être crâne et de prendre la responsabilité de ses paroles et de ses actes.

— C'est du joli !... s'exclama-t-elle en reprenant le papier que lui tendait Claire Roland. Je m'en doutais : la dame parfumée de l'autre jour est une aventure dont le lieutenant Gilbert n'a pas à se vanter ! Quand on se lance dans cette voie, on devrait, au moins, faire preuve de bon goût !

Claire prit une mine réprobative.

— Vous avez lu ?... fit-elle, tandis que tout son visage blâmait déjà.

— J'ai lu, oui, mon petit !

Une certaine fierté redressa la tête impérieuse, fit remuer la coiffe qui donna soudain à Mlle Joannet l'air autoritaire qu'elle souhaitait prendre dans les grandes circonstances.

Et elle ajouta, dominant Claire de toute la tête :

— J'ai le droit !

La jeune fille brava le regard impérieux.

— On n'a jamais le droit d'être indiscret.

— Si, quand l'indiscrétion est nécessaire.

— On ne peut apprécier soi-même ces choses-là; et une indiscrétion est toujours une action mauvaise.

Les répliques partaient vives et nettes, renvoyées de l'une à l'autre avec une conviction absolue. Mlle Joannet redoutait un peu, sans y paraître, les muets reproches ou les blâmes discrets de Claire Roland dont elle appréciait, sans le dire, la valeur morale. Elle ne faisait jamais de compliments, mais elle pensait parfois beaucoup de bien de certaines gens.

Craignant donc une réprobation qui l'eût mise mal à l'aise, obscurément, elle prit amicalement le bras de Claire et lui confia, très bas :

— Vous ne comprenez donc pas, ma chère, que je suis un peu la mère de tous ces grands garçons ? Vous savez pourtant qu'ils ont besoin d'être remontés au moral comme au physique. La guerre les a surpris au milieu d'habitudes, de projets qui se sont trouvés tout à coup brisés. Ils s'ennuient, les pauvres enfants ! Ils ont souffert de séparations, d'attentes, qu'ils supportaient mieux quand ils étaient là-bas, au combat. Mais ici, au repos, c'est plus dur encore, et la démoralisation viendrait vite, s'ils ne trouvaient en moi une confidente à leurs peines.

L'idée de Mlle Joannet confidente de ces jeunes hommes parut saugrenue à Claire Roland. Elle pensait que l'indulgence, — qui n'exclut pas le bon sens, — est la première qualité d'un confident. Et par indulgence, elle était loin d'entendre cette faiblesse qui excuse tout, un peu par indifférence, beaucoup par paresse, mais cette charmante disposition d'esprit qui, sous l'apparence mauvaise, sait découvrir le bien.

— Ce rôle de consolatrice, fit-elle d'un ton ferme, c'est celui de toutes les infirmières.

— Non; vous autres, vous êtes trop jeunes !

— Qu'importe, si nous savons leur dire les mots qui apaisent ?

— Vous êtes trop jeunes ! insista Mlle Joannet, tandis que sa lèvre supérieure, moustachue comme celle d'un éphèbe, s'avançait en une lippe sévère. Il y aurait de grands inconvénients à tolérer de longues conversations entre vous et les malades, les blessés, surtout.

— Je vous comprends dès qu'il s'agit de très jeunes filles comme Blanche Carly, par exemple, qui nous servent de ménagères plus que d'infirmières. Mais moi, j'ai à peu près trente ans, et vous me confiez les soins, les pansements. Cela veut dire que je puis, à l'occasion, être prise pour confidente.

— Cela ne veut pas dire du tout ! se récria la major. Vous ne connaissez pas la vie, mon petit !

Claire fut bien tentée de lui demander comment elle la connaissait si bien ; elle refoula l'intempestive question, qui eût permis à Mlle Jouannet de sortir du sujet dont, déjà, elle s'éloignait.

— Tout cela n'explique pas que nous ayons le droit de lire une lettre trouvée.

L'infirmière-major eut un mouvement et ses yeux allèrent chercher ceux de Claire.

— Vous me faites la leçon ?...

Claire Roland était brave ; elle eût volontiers répondu : « Oui ». Mais alors, c'était la brouille avec Mlle Joannet, la brouille, c'est-à-dire le départ de l'hôpital ou, tout au moins, du service de chirurgie. Il ne fallait pas oublier que la major, chef de service, avait le droit de choisir son personnel et de se séparer, par conséquent, des infirmières qui ne lui plaisent plus et qu'elle avait d'abord agréées.

Claire répondit donc avec calme :

— Vous agissez suivant vos principes, mademoiselle. J'ai les miens. Nous sommes indépendantes l'une de l'autre, n'est-ce pas ?

Elle s'éloigna, reprit le plateau blanc au fond duquel remuèrent quelques instruments.

Un peu de nervosité rendait impatients les mouvements de Claire, si mesurés à l'ordinaire dans ses gestes. En allumant l'alcool au fond du bassin, elle faillit se brûler. La flamme bleue, légère et perfide, monta plus haut que de coutume.

Mlle Joannet, sévère, se retourna.

— Pourquoi mettez-vous tant d'alcool ? Il y en a pour flamber la baignoire des bras !... Et puis, le flacon d'éther, qui est là !...

D'un ton rogue, elle ajouta :

— Depuis que ces quatre blancs-becs d'officiers sont ici, c'est à qui fera des bêtises !... La petite Carly ne m'a-t-elle pas fourré de l'eau du robinet dans les brocs stérilisés !... Vrai !... Les femmes sont bêtes !

L'alcool ayant brûlé pendant cette apostrophe, Claire Roland, toute pâle, riposta :

— Je ne vois, pour ma part, aucun rapprochement à faire entre la présence des nouveaux blessés et la maladresse que je viens de commettre.

Comme la major allait répondre, la jeune fille ajouta vivement, d'un ton posé :

— Je vous serais obligée, mademoiselle, de croire une fois pour toutes que je ne pense qu'à mon devoir d'infirmière, à mon seul devoir, et à rien d'autre.

Presque, elle eût pleuré ; un effort considérable, un ressaut de fierté l'en empêcha. Non qu'elle eût ressenti de la honte d'agir avec faiblesse devant Mlle Joannet ; mais il lui semblait que pleurer, alors qu'il était question de François Gilbert, c'était avouer qu'elle s'occupait de lui, qu'il retenait sympathiquement son attention. Et cela, elle ne le voulait point.

Heureusement, Mlle Kogan entrait dans la salle de chirurgie. L'étudiante planait au-dessus des ordinaires contingences. Philosophe, sincère dans son incroyance et un peu anarchiste, elle avait l'esprit large et tolérant. Claire aimait la discussion avec elle et ne désespérait pas de lui

faire goûter la douceur de la religion chrétienne.

Mlle Kogan, qui parlait le français avec toutes sortes d'intonations chantantes et roucoulantes, comme les Slaves en ont de si nuancées, se mit à dire avec sérénité :

— Ce petit lieutenant... le vingt-six...

— Gilbert, compléta la major.

— Oui ?... Eh bien !... Il me dit qu'il est très ennuyé... Il avait une lettre, sous son oreiller... Il s'est levé, on a fait son lit. Il n'a plus la lettre.

Fronçant les sourcils au-dessus du binocle, elle répétait, tout en se brossant vigoureusement les ongles :

— C'est désagréable, très désagréable...

La présence de Claire gênait fort Mlle Joannet. D'un ton impératif, elle ordonna :

— Mlle Roland, voulez-vous aller à la cuisine commander les régimes ?

Claire la regarda bien droit et répondit :

— J'y vais, mademoiselle.

Et, très vite, se tournant vers l'interne :

— Cette lettre que le vingt-six a perdue Mlle Joannet l'a trouvée, mademoiselle !

Digne, droite et blanche, elle sortit, tandis que la major, furieuse, mais prise, se tirait comme elle pouvait d'une situation difficile.

Claire Roland se sentait le cœur ulcéré. Elle se disait bien qu'il y avait une grande disproportion entre ce qu'elle éprouvait et les motifs qui amenaient ce résultat inattendu. Mais que faire contre nos propres pensées ? Lutter courageusement. C'est ce qu'elle essayait depuis plusieurs jours, depuis que le lieutenant Gilbert, en occupant trop son esprit, s'y installait, en prenait possession.

« Passe encore pour Blanche Carly, qui a vingt ans, mais moi, moi, plus âgée que lui ! Je veux être comme une grande sœur, pour lui qui paraît si jeune ! D'ailleurs, je n'ai rien à être que l'infirmière, celle qui soigne et n'a pas le droit de s'attacher, de préférer, de s'attarder à un chevet plus qu'à un autre, mais dont le devoir est d'être la servante de tous ceux qui souffrent. »

VII

N proverbe populaire affirme que « là où se trouvent réunies quatre femmes, il y en a trois de trop ».

C'est, évidemment, exagéré, car on a maints exemples d'agglomérations féminines où règne une concorde suffisante, et de réunions, d'œuvres composées de femmes qui s'entendent à merveille pour faire le bien... ce qui est un résultat à quoi n'arrivent pas toujours les hommes.

Cependant, il est certain que les chocs sont plus fréquents entre femmes, parce que les nervosités y sont plus exacerbées. Ce qu'on devrait dire, c'est que ces chocs sont en raison inverse de la culture intellectuelle des femmes.

Ainsi, des personnes intelligentes et instruites, comme Mlle Kogan et Claire Roland, si différentes pourtant l'une de l'autre, étaient le meilleur exemple de cette concorde que les femmes peuvent, tout comme les hommes, réaliser.

Mais elles étaient seules, de leur espèce, dans cet hôpital tout frémissant de blanches formes agitées, les unes nerveusement, les autres avec un calme trompeur, d'autres avec frénésie.

De la cuisine, où s'égosillaient quelques mercenaires, aux salles claires où l'on parlait bas, c'était ce même instinct âpre de rivalités, cette exaspération de susceptibilités toujours en éveil. De prétentieuses incompétences, recéleuses de vanités intenses, des vulgarités passées au vernis de l'argent, parfois même, tout simplement, voilées des mensonges de la toilette : c'était là un ensemble intolérable pour une âme délicate et haute.

Des vanités, elles pullulaient partout, au point d'écœurer, de faire douter des sincérités. Depuis les gamins en vacances, s'affublant tous d'un costume « d'éclaireur » et envahissant bruyamment l'hôpital ; depuis ces jeunes gens qui s'offraient en qualité d'infirmiers, sans avoir l'idée même d'un sinapisme, mais dont le bras s'encerclait d'une bande blanche à croix rouge, ces jeunes gens qui eussent pu s'engager et partir « là-bas » ; depuis toute cette jeunesse bruyante et inutile jusqu'aux déploiements de coiffes et de capes d'infirmières, on sentait un désir, un besoin de se montrer en belle posture sans risquer grand'chose.

— Puisque vous êtes si brave, disait Claire à ces jeunes gens qui offraient leur dévouement, engagez-vous. C'est surtout de soldats que la France a besoin.

Certes, le mouvement patriotique avait été superbe au moment de la mobilisation. L'enthousiasme avait donné de la grandeur aux si tristes départs d'hommes de toutes conditions. Mais bien de ceux qui restaient gâtaient ce bel élan et maladroitement forçaient la note. Trop de femmes en robes collantes, ouvertes pour montrer le bas, arboraient des cocardes chauvines. On eût voulu plus de mesure, de tact, de goût.

Dès les premiers jours, Claire Roland, très simple déjà à l'ordinaire, avait adopté une robe, un chapeau, parmi les plus modestes de sa garde-robe, et elle comptait ne pas en arborer d'autres avant l'hiver. Elle ne circulait, d'ailleurs, qu'entre sa demeure et l'hôpital ; quatre fois le jour elle faisait ce chemin, pressée d'arriver, se hâtant de repartir, toujours exacte, esclave de l'heure.

L'incident de la lettre la tracassait ; elle n'était pas curieuse, et ce n'est pas ces mots : « Mon petit François, je t'écris... » surpris par elle sur cette lettre, qui l'intriguaient. Mais elle eût vivement désiré savoir comment Mⁱˡᵉ Joannet avait eu le papier dans les mains ; et si, après la petite scène de la salle d'opération, elle avait avoué à Mⁱˡᵉ Kogan qu'il était en sa possession. Puis, l'avait-elle rendu à François Gilbert ?

Précisément, elle traversait la salle IV, distribuant de la citronnade aux quatre officiers. Le lieutenant Gilbert fut servi le dernier, ce qui permettait une causerie un peu plus longue près de son lit.

Ayant remercié du bol de tisane, François se mit à dire :

— Ce n'est pas vous, certainement, qui avez fait mon lit, lundi dernier, n'est-ce pas, mademoiselle ?

Claire eut un mouvement des yeux qui rapprocha ses sourcils dans un pli interrogateur.

— Pourquoi ?... Etait-il mieux ou moins bien fait que de coutume, ce jour-là, votre lit ?

Elle plaisantait, sentant venir une explication qu'elle redoutait un peu.

Mais le lieutenant était grave.

— C'est très sérieux, fit-il. Ce matin-là, j'avais quitté la salle pour aller au pansement. Je ne croyais pas qu'on ferait mon lit aussi vite. Quand je suis rentré, il était remis en état ; mon portefeuille se retrouvait bien à sa place, mais une lettre qu'il contenait, très en évidence entre les deux parois, avait disparu. C'est pourquoi je vous disais : ce n'est pas vous qui avez fait mon lit.

— Je ne comprends pas... commença Claire, qui, au contraire, comprenait parfaitement. Expliquez-moi.

— C'est tout simple : vous êtes incapable de commettre une indiscrétion comme celle-ci.

La jeune fille ne put cacher le plaisir que lui causaient de telles paroles. Un compliment sur le charme de son visage ou sur son esprit lui eût semblé une banalité ; mais cette appréciation élogieuse de son caractère lui fut douce, infiniment.

— Je suis très sensible à votre estime, dit-elle. Mais ne pensez-vous pas qu'un tel éloge puisse être adressé en toute justice à bien des femmes ?

— Vous voyez que non, puisque ma lettre a disparu.

— Raisonnons : si quelqu'un avait voulu lire cette lettre, n'était-il pas plus simple à cette personne d'en prendre connaissance et de la remettre en place ?

— Mais non ! Il faut du temps, pour cela, et l'on peut être surpris. Comme il est plus rapide d'enlever le papier, de le glisser dans la poche du tablier. Ah ! vos grandes poches béantes ! Qui saura jamais ce qu'elles contiennent ?

— On peut fouiller dans les miennes ! s'exclama Claire avec une nuance de gaieté.

Et, posant le pot à tisane sur la petite table, elle fouilla dans les deux poches qui béaient à chacun de ses côtés.

— Mes ciseaux...

De grands ciseaux brillants, aux branches courbées, aux bouts arrondis, et qui servaient à couper les pansements, furent posés sur le couvre-pied.

— Mon mouchoir... un peu d'ouate... mon bloc-notes... Tiens !... un papier...

— Ma lettre ! fit le lieutenant d'un ton intraduisible, tandis que Claire pâlissait, et demeurait sans paroles.

— Oh !...

Les yeux aux reflets d'ardoise se durcirent de manière étrange, avec des nuances d'ironie cruelle.

— Ça, par exemple !

Claire, cependant, avait gardé tout son calme. Son teint pâle était devenu plus pâle encore, mais ses yeux, tranquilles et loyaux, regardaient François bien en face, rassurés, non audacieux.

Même, elle allait sourire, railler, sans doute, cette malice du sort, s'amuser avec lui de la tournure que prenait cet incident de la lettre. Quelle mauvaise plaisanterie lui avait-on faite, à Claire, si peu curieuse ou indiscrète, de lui glisser dans sa poche un papier trouvé au hasard, mais dont l'aspect, en révélant qu'il s'agissait d'une lettre, devait attirer l'attention ?

Car elle venait d'avoir cette idée subite : sauver la situation, ce qu'elle considérait comme l'honneur de la maison, en laissant croire à François que cette lettre, tombée de son lit, avait été ramassée par une infirmière et déposée dans le tablier de Claire, par taquinerie.

— Voyez, disait-elle, votre lettre était tombée, tout simplement, et quelqu'un l'a mise dans ma poche... Nous ne devons pas laisser traîner de papier...

Un méchant petit rire sarcastique l'interrompit.

— Comme ça se trouve !

Les yeux ardoisés se durcissaient de plus en plus, tandis qu'un empourprement de colère rougissait le visage du lieutenant.

Alors, soudain, la jeune fille eut le sentiment de ce qu'il pensait : il la soupçonnait d'avoir dérobé la lettre, de l'avoir lue, sans doute, en tout cas, d'être prise, en ce moment, à son propre piège et de chercher à se sauver par des ruses pitoyables.

Claire Roland, toute blanche sous sa blanche coiffe, approcha plus près de François. Elle se tenait droite, soudain très belle de fierté blessée.

Elle jeta la lettre sur le lit.

— J'ignorais qu'elle fût dans ma poche, monsieur, dit-elle sévèrement. Je pourrais me justifier, et c'est vous qui seriez très embarrassé, qui me feriez des excuses... Mais je ne veux pas me donner cette peine. Vous m'avez soupçonnée, cela me suffit.

Elle gagna la porte, sans que François eût pu
exprimer un mot de regret.

Claire ne doutait pas que le méchant tour vînt
de la major, se vengeant d'avoir été surprise et
mise en demeure de s'expliquer avec Mlle Kogan.

Les tabliers et les blouses étaient suspendus,
aux heures d'absence de leurs titulaires, dans
une petite pièce où rien n'était plus facile que de
fouiller dans les poches. Chaque infirmière ayant
son nom inscrit au-dessus de son portemanteau,
le tablier de Claire n'avait pu être pris pour
celui d'une autre.

Une grande amertume envahit soudain le cœur
de Claire Roland, en même temps que le découragement l'étreignait. Est-ce que, vraiment, certaines gens faisaient le mal pour le mal, par
plaisir, comme d'autres font le bien ?

Sans doute, Mlle Joannet ne faisait que riposter
et se disait sans doute, pour se justifier, que
Claire, la première, lui avait fait le mauvais tour
de dire devant Mlle Kogan que la major avait
trouvé une lettre. Comment, Claire partie,
Mlle Joannet avait-elle pu se tirer d'embarras
auprès de l'interne ? Voilà ce qu'ignorait la jeune
fille, mais elle sentait la vengeance et ne doutait
pas de la main qui avait agi.

Maintenant, Claire irait-elle trouver Mlle Joannet et s'expliquer avec elle ? C'était son droit ;
elle pouvait, elle devait même se plaindre d'une
pareille action, qui venait de la mettre dans la
plus pénible des situations.

Tout de suite, elle résolut de parler. Puis, au
lieu de chercher la major, elle s'en alla faire sa
ronde dans la salle II, redressant un oreiller,
tirant une couverture, rangeant une table de
nuit et disant à chacun cette parole qui passe
comme un parfum.

C'est que, elle le comprenait : si elle avait une
explication avec Mlle Joannet, elle devrait,
presque assurément, quitter l'hôpital.

VIII

SOLIDEMENT campé sur ses jambes alertes, la
tête bien droite, coiffée de la haute chechia, Ali se plaignait à Claire Roland :
— Y a plus que pour li litenant... Ali
pas gradé, Ali macache !...

Il soulignait ses phrases de la plus expressive
mimique : ses yeux, tout son visage, sa main
libre complétaient sa pensée, la rendaient
vivante et comme palpable.

— Toi, ti l'es plus mon mère !

Claire le gronda : il n'était pas raisonnable ; il
se faisait des idées. Tout au contraire : on le
gâtait.

— Ne vas-tu pas dans toute la maison ? Les
autres restent dans leur salle, toi tu fais ce que
tu veux.

Convaincu, Ali ôta sa chechia, montrant son
front tatoué. Présentant à l'infirmière son crâne
aux cheveux drus, il demandait :

— Di l'eau di Cognole...

C'était sa gâterie du matin : quelques gouttes
d'alcool parfumée sur la boule noire de sa tête.
Ensuite, il examina d'un air désolé le dessous
de sa chechia dont le tour, qui faisait un creux,
lui servait à déposer divers objets qu'il portait
sur la tête, évitant ainsi de fouiller dans ses
poches.

— Cigarettes... macache ! Si litenant, Ali cigarettes.

Claire feignit de se fâcher.

— Ali ne répète pas toujours la même chose !
Ou bien je ne te donne plus de bonne odeur, ni
de bonbons, ni rien ! Et tu n'auras ton écharpe
blanche que le dimanche, comme les autres.

Le tirailleur était très coquet, comme tous ses
pareils. Il n'entendait pas qu'on lui mesurât le
linge, qu'on lui fixât des jours pour se baigner.
Maintenant qu'il était familiarisé avec toute la
maison, il ne se gênait plus pour demander. Au
moindre refus, il maugréait :

— Alors, pour qui qui ji mi bats ? Moi blessi,
pour qui ?... Ti peux bien mi donner ça !

On lui cédait, comme on fait pour ces grands
enfants si braves. On savait que les Allemands
avaient une terreur folle de nos troupes d'Afri-
que et nous reprochaient leur férocité, comme si,
vraiment, elle pouvait, s'exerçant seulement
dans la mêlée, être comparée aux atrocités
commises de sang-froid par l'ennemi en dehors
de l'ardeur des combats.

Confidentiel, Ali pencha sa grande taille vers
Claire Roland.

— Icoute... la pitite mimizelle...

C'est ainsi qu'il désignait Blanche Carly.

— Eh bien ?... interrogea Claire. Qu'as-tu encore découvert ?

Car Ali, dans ses voyages à travers tout l'hôpital, accumulait une foule de remarques, d'observations et de potins. Les femmes de la cuisine,
celles de la buanderie, qu'il amusait, lui
confiaient les cancans pour le plaisir d'entendre
ses réflexions. A la lingerie, des personnes un
peu mieux éduquées ne se gênaient pourtant pas
assez devant lui, persuadées qu'il ne comprenait
point.

Or, il entendait tout, même les choses dites
à voix basse. Et il avait le talent de feindre la
naïveté ; il faisait l'innocent, insoucieux de passer pour ignorant de tout.

— Ali rien comprendre... Ali sait rien...

Il se tordait de rire, montrant la double rangée
de ses dents serrées, à l'émail noirci, qui donnait à son visage une expression aimable, complétée par ses yeux dont le blanc était comme
mêlé d'encre.

— Alors, qu'y a-t-il ?

Ali se pencha davantage.

— La pitite mimizelle... il aime li litenant.

Quand il disait « li litenant », on savait qu'il
voulait parler de François Gilbert, l'autre lieutenant ne l'occupant pas le moins du monde et
encourant même son mépris parce qu'il était
réserviste.

— Pas pour di bon litenant...

A l'ordinaire, Claire Roland n'attachait aucune
importance aux propos d'Ali. Elle s'en amusait,
les trouvant parfois empreints d'un bon sens pri-
mesautier et toujours d'une pittoresque saveur.

En ce moment, la remarque d'Ali l'émouvait ;
il était observateur, ne laissait rien échapper. Et
puis, il recueillait tous les « on dit » de la maison. Peut-être que celui-ci n'était pas une trou-
vaille qui lui fût personnelle.

— Où as-tu pris cela ? fit-elle, comme malgré
elle.

— Ali sait... Ali voit clair. Tout pour li litenant. Ali macache !

Volubile, il amplifiait :

— La pitite mimizelle, si Ali litenant, Ali
beau, Ali tout bien...

— Qu'est-ce que ça peut bien te faire? demanda
gaiement Claire, amusée à l'idée de Blanche
Carly s'occupant du tirailleur, même devenu
lieutenant.

— Ecoute...

Quand il préludait ainsi, c'est que Ali voulait
faire une grande confidence.

— Icoute, mon mère...

Rusé, pour bien disposer l'infirmière, il l'appelait de ce nom tendre qu'il lui avait donné le
premier jour.

— Icoute... ti sais pas. La pitite mimizelle il a
rigardi dans li poches à litenant.

Le premier mouvement de Claire fut d'imposer
silence au bavard. Les infirmières avaient ordre

de ne jamais permettre à un malade de « rap-
porter » sur le compte d'un camarade.

Mais la tentation était forte de savoir ce que
voulait dire Ali. Si la psychologie du tirailleur
était rudimentaire, s'il attachait de l'importance
aux plus petites choses et aux moins intéres-
santes, cependant, il n'inventait pas les menus
faits qu'il racontait. Menteur sur son propre
compte, dès qu'il s'agissait de se vanter, d'obtenir une faveur, il était sincère lorsqu'il narrait
les divers cancans prenant source dans l'hôpital.

— Ji li vue... il ouvrit li portefeuille.

Ce dernier mot, pénible à prononcer, ne fut
pas tout de suite compris de Claire, qui le fit
répéter. Elle s'habituait au langage d'Ali. Quand
elle eut bien entendu « portefeuille », elle ressentit un choc léger, tandis qu'en elle-même un mot
se formulait, synthétisant toute une pensée :
« La lettre ! »

— Ali, fit-elle sérieusement, ce n'est pas joli de
mentir.

Le tirailleur s'agita, remua en tous sens.

— Pas mentir... dis virité... Ji li vi...

Il précisa. C'était le matin du jour où
Mlle Joannet avait été surprise par Claire, tandis
qu'elle lisait une lettre dans la salle de chirurgie.
Ali donnait des détails. La major, ayant vu tout
à coup Blanche en train de lire, avait réclamé la
lettre, en sa qualité de chef. Puis elle s'était
arrogé le droit de la garder. C'est alors que
Claire Roland avait paru et découvert l'indiscrétion.

— Garde donc tout cela pour toi, fit-elle en
posant amicalement une main sur l'épaule du
tirailleur.

Ali voulait bien ne rien dire ; mais il y mettait
une condition : donnant, donnant. Il se tairait
si on lui rendait son couteau, cette espèce de
navajah rapportée du Maroc, et dont le manche
avait de belles incrustations de cuivre. Le règlement voulait qu'on enlevât aux hommes, dès leur
entrée, les couteaux et canifs. Même, au moment
des repas, on ne leur donnait qu'une fourchette
et une cuiller. C'était une infirmière qui coupait
la viande dans chaque assiette.

— Ji veux mon couteau.

Cet objet faisait la gloire d'Ali, qui l'avait
apporté du combat couvert de sang coagulé.
Après avoir tué un ennemi, le tirailleur, en signe
de mépris, lui avait coupé un morceau de la
cuisse et voulait y mordre, sans son capitaine,
qui s'était opposé à cet acte de sauvagerie.

Lorsqu'il avait conté cette scène, dès son arrivée, Ali avait excité les frissons, les oh ! et les
ah ! d'horreur. A la cuisine, on contait que « ces
gens-là ça mange de la chair humaine ! » A la
lingerie, on répétait que les tirailleurs sont tous
ainsi : ils mordent le cadavre de l'ennemi « pour
lui prendre sa force ».

En se rendant compte de ce qu'on disait de
lui, Ali entra en fureur : non, il ne mangeait
pas « de l'homme » !

— Pas sauvage !... Mais c'était l'innimi !...

Aujourd'hui, il réclamait le fameux couteau,
bien qu'on l'eût, malgré Ali, nettoyé de ses traces
sanglantes.

Claire Roland lui promit d'essayer de le lui
rendre ; cela suffit pour apaiser ce grand enfant.

— Toi, mon mère !

Ali se disait de race turque et n'était pas mu-
sulman, mais chrétien. A la vérité, il avait surtout une âme primitive. Mais on ne trouvait pas
en lui cette belle dignité grave que les Arabes
promènent dans la vie, et il ne semblait pas
avoir pris, dans la religion chrétienne, les principes de droiture et de loyauté qu'elle impose.

— Ti verras, ti verras... Ali pas litenant, mais
Ali voit clair et Ali savoir.

IX

UNE fois la semaine, chaque infirmière était
de garde la nuit. Un roulement établi
permettait d'avoir ainsi deux gardiennes
au service des blessés, et deux autres au
service des malades. La chambre de l'interne était située près de la salle où l'on avait
installé les quatre officiers, et à côté de la chapelle, véritable petite église qui servait, en temps
de paix, aux élèves et aux maîtresses de l'insti-
tution aujourd'hui transformée en hôpital.

Depuis la mobilisation, un prêtre-soldat y
disait chaque matin sa messe. C'était un vicaire
de grande ville, homme distingué, qui avait un
service d'infirmier au poste des territoriaux installé sur la voie ferrée.

Le dimanche, ceux et celles qui, dans l'hôpital,
désiraient entendre la messe, n'avaient qu'à monter à la chapelle. Le prêtre-soldat faisait une
allocution d'à-propos. Les sujets ne lui manquaient pas, à la fois tirés de l'Evangile du jour
et des événements.

Claire Roland, qui avait accepté de faire un
service complet, c'est-à-dire de passer toutes ses
journées à l'hôpital, — ce qui était exceptionnel,
— ne manquait jamais d'assister à cette messe
du dimanche. Même, elle tenait l'harmonium et
organisait des chants de cantiques auxquels prenaient part des infirmières et des soldats.

Une petite pièce, attenant à la salle II, où se
trouvaient de nombreux blessés, contenait deux
couchettes pour les infirmières.

Cette nuit-là, Claire veillait avec Blanche
Carly.

A la vérité, la jeune fille ne lui servait de rien
pour cette fonction ; mais Mlle Joannet avait
exigé que Blanche prît la garde à son tour.

— Il faut la dresser.

La major aimait ce terme : elle avait dressé
des chiens, des bonnes, des chats et des infirmières. Elle était née avec un tempérament de
dompteur. De solides biceps la disposaient à
jouer ce rôle, qui n'est pas toujours exclusi-
vement moral.

L'électricité venait d'être mise en veilleuse ; il
était neuf heures, et les hommes ne devaient
plus lire ni causer après cette heure-là. Presque
tous dormaient déjà.

Dans leur petite salle, une lampe sur la table,
les deux infirmières tricotaient quelque chaud
vêtement pour envoyer « sur le front ». Depuis
quelques jours, soudain, toutes les femmes de
France s'étaient mises à manier les aiguilles et
les crochets. Riches et pauvres, jeunes et vieilles,
petites filles aux mains hésitantes ou femmes
adroites « comme une fée », chacune s'appliquait
avec ardeur à cette tâche nouvelle. L'hiver viendrait bientôt ; il ne fallait pas compter unique-
ment sur la sollicitude gouvernementale. Chacune ne devait pas non plus se contenter de
pourvoir celui ou ceux qui lui étaient chers ;
mais toutes avaient l'obligation de travailler
pour le plus possible de combattants, même
inconnus.

— Je vais faire ma ronde ; restez, dit Claire.

Elle glissait entre les rangées de lits. Dans la
pénombre, elle voyait les têtes, repérait les places
de tel ou tel malade. Elle pensait : « Voilà celui
qui a le bras cassé, celui-ci l'épaule luxée ; voilà
« l'amputé de la jambe... le séton... le spica... »

La plupart dormaient déjà. Des souffles régu-
liers, des ronflements, rythmaient le calme. Quand
il lui semblait qu'un blessé ne dormait pas, re-
muait un peu, Claire s'approchait, se penchait
avec sollicitude, arrangeant les couvertures, les
oreillers.

— Vous souffrez, mon petit ?

Non, il ne souffrait pas trop, mais il s'ennuyait.

— Des idées de la nuit... On pense à son pays.

Un homme de trente ans lui confiait :

— Je voyais mon « gosse »... Qu'est-ce qu'il doit dire, lui qui aimait tant jouer avec moi, le soir ?

Et Claire s'efforçait, par quelques paroles, de bercer toutes ces mélancolies. La grande tristesse de la guerre lui apparaissait, avec la misère des séparations, des absences, des longues journées sans nouvelles.

Les jeunes, passe encore, ceux « de la classe », les gamins, comme on les nommait, les gosses, comme disait Mlle Joannet. Ils étaient gais, malgré les blessures inquiétantes pour l'avenir et si douloureuses pour le présent. Les mutilés avaient la spécialité de faire rire les autres. Un amputé de la jambe donnait à ses voisins de lit des « leçons de culture physique ».

Mais les hommes mûrs, les territoriaux, arrachés au foyer, aux habitudes déjà anciennes, laissant derrière eux les soucis de la famille et des affaires, souffrant, aussi, de maux jusqu'alors discrets, et que les fatigues excitaient...

— Mademoiselle !...

C'était un souffle, que cet appel vers Claire Roland, alors qu'elle passait devant le lit du lieutenant Gilbert.

L'infirmière approcha.

— Qu'y a-t-il ?... Vous ne dormez donc pas ?

— Non. Pas avant de vous avoir parlé.

— Vous avez besoin de quelque chose ?

— Oui : de votre pardon.

Claire tressaillit légèrement. L'obligation de parler très bas rendait la conversation difficile. La jeune fille, la tête enfouie dans sa coiffe, craignait de laisser échapper les phrases murmurées par François.

— Je ne vous en veux pas, fit-elle, comprenant à quoi il faisait allusion.

Depuis le fâcheux incident de la lettre trouvée dans la poche même de Claire Roland, celle-ci était « en froid » avec le lieutenant. Elle lui rendait ses services sans dire un mot qui ne fût nécessaire. Elle remarquait quand même, et sans en avoir l'air, son regard plus durci que naguère, et qui était intolérable à la jeune fille, à cause de cette expression d'ironie froide qu'elle y lisait.

C'est pourquoi, entendant sa voix adoucie, elle ajouta d'un ton qu'elle s'efforça de rendre indifférent :

— Je n'en veux jamais à un malade : vous n'êtes pas responsable de ce que vous dites.

Dans son petit lit, François sursauta.

— Pas responsable ?... Me prenez-vous pour un délirant ?... Je n'ai même pas de fièvre, vous le savez bien !

— Chut !... Pas si haut !

Bien qu'il fît à peine clair, elle désignait les autres lits, gonflés légèrement par les formes minces de trois autres jeunes gens.

— Eux ?... fit François. Ils dorment ; ils ronflent.

— Cela n'empêche pas qu'il faille se taire... Allons, dormez : il est temps.

Le lieutenant se mit tout à fait sur son séant. Dans la demi-clarté, l'infirmière voyait son torse maigre flottant dans la vaste chemise d'hôpital, aux plis amples, aux manches presque toujours trop longues.

— Si vous voulez que je dorme, il faut me pardonner, vous savez quoi.

— Je vous pardonne tout ce que vous voudrez, mais dormez !

— Cette lettre... Vous ne m'en avez pas reparlé ?

— A quoi bon ?

— Vous m'en voulez ?

— Je vous répète que je ne saurais en vouloir à un malade. Et puis, ne remuons plus ce mauvais souvenir.

Maternelle, Claire prenait la couverture, s'efforçant doucement d'amener le jeune homme à s'allonger dans le lit. Mais lui, tenace, reprenait :

— Eh bien ! si ! Si, parlons-en ! Je vous ai offensée ; j'ai eu tort ; j'ai agi comme un simple mufle ; j'ai été odieux. Mais je sais, maintenant, Ali m'a tout conté.

— Vous allez écouter ce grand enfant ?

— Les enfants voient souvent juste. Il n'a pas inventé ce qu'il m'a dit, et j'en ai conclu que cette lettre, dérobée dans mon portefeuille par la petite Carly, curieuse, prise à elle par Mlle Joannet, autoritaire, avait été mise dans votre poche par celle-ci, qui ne savait plus qu'en faire et a voulu vous jouer un méchant tour.

Claire ne douta pas un instant que ce récit, mi-exact, mi-inventé, fût l'expression de la vérité. Pourtant, il n'apparaissait pas très clairement quel motif avait pu inciter le major à ne pas tout bonnement garder ou détruire la lettre. En la glissant dans la poche de Claire Roland, Mlle Joannet n'avait aucune certitude que la jeune fille trouverait cette lettre en présence d'un témoin qui pourrait ainsi l'accuser. Car il fallait que ce témoin fût le lieutenant lui-même, reconnaissant un papier lui appartenant. Et comment supposer que le hasard allait aussi vite et aussi bien favoriser une méchanceté ?

François, cependant, demandait :

— Et... l'aviez-vous lue, cette lettre ?

— Si j'étais capable de lire un tel document, c'est que je serais capable de le dérober, fit l'infirmière d'un ton grave.

— C'est vrai... Pardon encore. Mais on vous a dit, sans doute, ce qu'elle contenait ?... Je parle au passé, parce que je l'ai détruite.

— On ne m'a rien raconté.

— Alors, je veux vous l'apprendre moi-même.

Claire recula. Un vague pressentiment lui étreignait le cœur. Elle savait que les confidences sont les premières manifestations de la sympathie qui doit devenir plus tendre. Entre gens d'un certain milieu, il est entendu qu'on garde pour soi ses pensées secrètes, ses affaires personnelles, et qu'on fréquente, durant de longues années, des personnes dont on ignore les préoccupations, les sentiments, les chagrins et les joies. Se confier, pour ces gens-là, c'est, déjà, se donner un peu ; c'est la voie ouverte à une intimité plus grande : en un mot, c'est périlleux quand les confidences s'échangent entre un homme et une femme que leur âge ou des liens d'amitié ne mettent pas à l'abri de certains dangers.

François Gilbert avait vu le mouvement :

— Restez, pria-t-il, restez encore un peu ; vous me faites du bien. C'est dans votre rôle, cela !

— A la condition que l'entretien ne se prolonge pas comme celui-ci. Allons ! soyez raisonnable, lieutenant, nous causerons une autre fois.

— Du moins, je veux vous dire que cette lettre était d'une femme, d'une femme qui a eu sur ma jeunesse une influence mauvaise, mais qui m'a si bien montré son indignité qu'enfin j'ai eu le courage de me libérer d'elle... surtout maintenant.

Il hésitait à continuer, et Claire, retenue comme malgré elle, ne s'en allait plus, demeurait immobile devant ce lit, une main serrée sur un barreau de fer.

— Surtout maintenant que j'ai vu de près comment une femme sait penser et agir.

Il parut à Claire que cette phrase n'était pas celle qu'il eût voulu prononcer. Les mots ne venaient qu'avec contrainte, et comme pour souligner encore l'effort, François eut cette boutade :

— Ce que je vous dis n'a ni queue ni tête ; je suis stupide.

Un fort coup de timbre retentit, venant de la cour !

— Oh ! s'exclama Claire, une arrivée de malades ou de blessés !...

Déjà elle allait vers l'escalier, tournant les boutons de l'électricité, faisant jaillir la lumière. En bas, les infirmières de garde s'éveillaient, se précipitaient, rajustant la coiffe enlevée pour dormir un peu, épinglant à la hâte la bavette du tablier.

— Vous ne dormiez donc pas, mademoiselle Roland, que vous êtes si vite accourue ?

— Non, je ne dormais pas encore.

Celle qui avait parlé poussa le coude à sa voisine. Toutes les deux étaient de solides commères, dont on appréciait la vigueur de biceps quand il s'agissait de soulever un malade, mais dont on redoutait la vulgarité et la mauvaise langue.

On n'avait pas pu se montrer trop difficile quant à la « distinction » des infirmières. Sur une population de trente mille habitants, on avait eu de la peine à réunir une douzaine de femmes disposées à donner tout leur temps à l'hôpital. Dès la mobilisation, les bonnes volontés avaient afflué; mais c'étaient des bonnes volontés qui ne voulaient s'offrir qu'à certaines heures. Telle dame était libre le mardi, qui ne pouvait promettre de venir le lundi ; telle autre ne disposait que du matin et telle autre de l'après-midi. Presque toutes prétendaient ne rien changer aux heures de leurs repas, alléguant des maris, des enfants ou un estomac exigeant. Ainsi, l'heure du déjeuner, par exemple, obligeait les chefs de service à des combinaisons nombreuses, car les malades avaient la mauvaise grâce de réclamer des soins à cette heure-là comme à une autre.

Les deux infirmières avaient laissé Claire s'éloigner vers la cour.

— Parbleu ! Pas de danger qu'elle dorme ! C'est bien trop agréable de causer avec le lieutenant Gilbert !

— Ah ! voit clair ! riait l'autre, tout en se pressant.

Déjà, dans la cour, l'automobile ronflait, et le portier aidait à la descente des hommes.

Les arrivées avaient ainsi lieu parfois en pleine nuit, sans qu'on eût prévenu. Alors, c'était un grand branle-bas dans l'hôpital où ne se trouvaient que les infirmières de garde. On allait réveiller Mlle Kogan et Mlle Joannet ; on procédait à la toilette des hommes, à leur changement de linge. Puis, on les couchait, on les réconfortait, et presque tous s'endormaient, privés qu'ils étaient depuis longtemps de la douceur d'un lit.

X

OUS la lueur blanche d'une lampe à incandescence qui éclairait la cour d'entrée, Claire Roland, tout en aidant à la descente des blessés et malades du fourgon automobile, les considérait. Ils arrivaient directement « du front », des tranchées dont on commençait à tant parler, et dont l'imagination populaire, qui aime la mise en scène et la représentation tangible d'une abstraction, faisait comme le symbole de la guerre. On ne disait plus d'un homme : « Il est au combat, » mais : « Il est dans les tranchées. »

Claire les regardait, et c'était vraiment un inoubliable spectacle. Nobles, mais lamentables épaves, poudreux, barbus jusque dans les yeux, traînant les pieds, le dos voûté, ils avaient tous l'air vieux, maintenant que le charme était rompu, qu'ils n'étaient plus « là-bas », encadrés par les chefs vigilants, tenus par la discipline et, surtout, par l'ivresse des batailles.

Quelques-uns portaient un bras en écharpe, celle-ci souillée de sang et de terre.

Deux blessés, amenés couchés, furent descendus sur les brancards. Ils avaient la gravité de ceux qui souffrent et veulent être courageux. De la fièvre animait leurs yeux, colorait leur pâleur. L'un d'eux demandait « à boire », cette plainte éternelle du blessé, que le divin martyr du Golgotha proféra avant de rendre son dernier souffle humain.

Claire les avait vus partir, ces jeunes hommes, sinon ceux-là, leurs pareils, et elle comparait ce départ à ce retour. Elle entendait encore les chants d'enthousiasme ; elle revoyait les fleurs et les drapeaux, la foule délirante.

Ceux-ci étaient déjà de retour. Ils revenaient dans le silence...

L'infirmière, dont le cœur ne s'endurcissait point, mais dont les yeux s'habituaient, ne s'attarda pas à la comparaison. Elle était certaine que les moins atteints reprendraient, dans peu de jours, la belle allure du troupier français. Plusieurs fois déjà, elle avait fait cette constatation. Dès que l'homme était reposé par un bon somme et que le barbier avait fauché la barbe folle qui transformait tous ces braves en vrais hommes des bois, les « poilus », comme on disait vulgairement, ils apparaissaient avec leur jeune visage, soudain rajeunis de dix ans. Ils reprenaient contact avec la vie ordinaire ; l'espèce d'hébétude de l'arrivée, consécutive à la fatigue ahurissante d'un long et pénible voyage, cédait la place à de bons sourires, et ils commençaient à parler, comme tout le monde.

Un peu plus tard, Claire installait, avec Mlle Joannet, les blessés de son service. Un petit brun, dont le pantalon rouge montrait une jambe déchirée du haut en bas, se trémoussait comme un diable en entrant dans son lit.

— Jamais je ne pourrai rester là-dedans !... Depuis trois mois que je n'ai pas dormi dans un lit !

— Vous vous y habituerez vite !

Claire tenait le pantalon déchiré, lacéré du coup de baïonnette qui avait blessé le soldat.

— Celui qui m'a fait ça, il ne le fera plus à personne ! Je l'ai embroché !

Ce petit homme à l'air aimable, aux yeux rieurs, jeune ouvrier de Paris alerte et « costaud », prenait l'air féroce d'un « vieux de la vieille ». Tout comme ceux d'autrefois, les guerriers du temps de la Gaule, ceux du moyen âge sous l'armure, ceux qui suivaient Jeanne la Lorraine, ceux qui marchaient avec le roi Henry, ceux qui combattaient sous le grand Roi, tout comme les grognards de l'Empire, ce petit ouvrier de Paris était devenu un vrai soldat, un de ceux qu'on appelle « un brave », parce qu'on sait bien que s'il n'a pas encore été un héros, c'est seulement l'occasion qui lui manqua.

Blanche Carly, trop jeune pour aider à cette besogne d'installation, avait cependant quitté sa couchette, afin de remplacer Claire Roland dans sa tournée d'inspection.

Quand elle passa près du lit de François Gilbert, elle ralentit et soupira longuement. Dans la pénombre discrète, sans témoin, elle laissait son jeune visage exprimer toute la mélancolie dont elle sentait rempli son cœur. Qui l'eût vue alors eût été surpris de tant de tristesse sur toute cette fraîcheur. On l'eût volontiers comparée à l'une de ces roses délicates, à peine entr'ouvertes, mais qui penchent leur corolle languissante aux heures chaudes du jour, implorant l'eau bienfaisante qui redressera leur tige fatiguée.

Légère, elle glissait. Devant le petit lit du lieutenant, elle s'arrêta. N'avait-elle pas le droit de regarder l'un après l'autre chaque dormeur ? N'était-ce point sa mission de « veilleuse », comme on appelait l'infirmière de nuit ? Et déjà, pour préparer son arrêt au chevet de François, elle venait de se pencher au-dessus d'autres lits d'où partaient des souffles jeunes de dormeurs paisibles.

Le lieutenant Gilbert sommeillait ; Blanche n'en douta point quand elle eut considéré son attitude : bien roulé dans les draps, tourné de côté, la tête enfouie dans l'oreiller qu'elle creusait profondément, il laissait pendre nonchalamment un bras et une main longue, que Blanche trouva d'une extrême finesse.

La jeune fille, timidement, approcha. Ce n'était point des pas qu'elle faisait, mais de toutes petites avances, de menues approches, allongeant imperceptiblement son soulier de toile blanche à semelle de caoutchouc. Elle tremblait qu'un craquement du plancher, — les planchers ont de ces trahisons, — vînt tout à coup éveiller le dormeur. Il est vrai qu'elle était dans son rôle de vigilante gardienne. Tout de même, sa présence aussi proche n'était pas absolument justifiée.

Alors, son cœur bondissait ; elle eût entendu ses battements, si toute son attention et son ouïe ne se fussent portés sur la blanche couchette.

Enfin, elle fut tout près du dormeur, si près que le blanc tablier d'infirmière frôlait le drap rabattu.

Un peu de lumière était posée sur le visage de François. La jeune fille le contempla d'un air admiratif ; ses yeux, si bleus et si calmes devant le monde, — les yeux bleus sont mystérieux comme l'eau, comme le ciel, — exprimèrent une sorte d'extase que personne ne put surprendre. Même, Blanche ploya sa taille flexible, lâche dans les plis de sa blouse, pour mieux voir le dormeur, et surprendre, peut-être, quelque détail de sa physionomie qu'elle ignorait encore. N'a-t-on pas affirmé que nous ne sommes « naturels » qu'en dormant ?

La fatigue des semaines de combat, des souffrances occasionnées par la blessure, était patente sur ce visage de jeune homme, soudain mûri par des événements tragiques. Le front était beau, de nobles lignes, montrant ces admirables modelés qui révèlent l'intelligence, la faculté de vraiment penser.

Blanche Carly ignorait à peu près tout ce en quoi consiste une belle physionomie. Cependant, elle subit, en contemplant celle du lieutenant Gilbert, l'admiration confuse et inexpliquée que fait naître partout la vraie beauté. Ce front, comme lumineux, encadré de cheveux fins dont la frontière se dessinait en lignes heureuses, c'était celui d'un homme dont l'esprit ne pouvait être vulgaire.

Puis, tout à coup, elle eut un geste, un de ces gestes spontanés qu'on ne commande pas, qui vont avec la pensée, la précèdent parfois et la commandent, un de ces gestes qui trahissent et s'en vont dire tout haut ce qu'on cachait, ce dont, peut-être, on ne se doutait pas encore. Elle envoya, du bout de sa main fine, un léger baiser vers le visage de François.

La main fine retomba mollement sur le tablier blanc. Lentement. Blanche reculait pour s'en aller, car elle était palpitante.

Mais la main se trouva prise comme dans un piège qui n'eût fait aucun mal ; le bras était paralysé dans un étau sans rigueur et cependant qui tenait ferme.

Blanche retint un cri, mais elle eut une exclamation étouffée qui lui parut retentissante dans le silence de la pièce. Elle cherchait à se dégager ; elle ne voulait plus que fuir. Elle y mettait une sorte de vigueur farouche. On eût

pu croire que cette étreinte d'une autre main la faisait étrangement souffrir.

Car c'était la main du lieutenant Gilbert qui avait retenu la sienne, qui enserrait le frêle poignet dans ses doigts secs et nerveux, ces doigts habitués à manier l'épée.

Cependant, François gardait les yeux clos et restait muet. Rêvait-il ? N'était-ce qu'un hasard ? Il y a des dormeurs qui étendent les bras, saisissent ainsi ce qu'ils rencontrent sous leur main étendue.

Fallait-il parler, s'assurer qu'il ne dormait pas ?

D'un coup sec, Blanche dégagea enfin son bras prisonnier, et, tremblante, s'éloigna sans que le jeune homme eût bougé.

Là-bas, dans la grande salle, le nouveau, qui s'était vite endormi, rêvait et s'agitait dans son lit, criant de toute sa force :

— En avant ! A la baïonnette !... Ah ! les...

Une grosse injure fit rire ceux qu'il avait éveillés.

— Il croit qu'il est toujours sur le front !

Suant, rouge, l'œil luisant, le petit soldat, encore ahuri de son cauchemar, se mettait à sourire :

— Ma parole, je les voyais devant moi, les sales Boches ! Et j'entendais le canon.

Mlle Kogan passa, rentrant chez elle.

— Rien d'intéressant, fit-elle.

Elle prononçait « intéressant » dans une sorte de roucoulement, de petit gloussement doux.

En bas, quatre fiévreux. Qui sait ? Peut-être feront-ils de la typhoïde ?

L'interne désirait vivement recevoir des typhiques pour étudier sur eux les nouveaux moyens thérapeutiques dont parlaient ses journaux médicaux. Une petite salle isolée du bâtiment principal avait même été aménagée à cet effet, sur sa demande.

Mlle Joannet, préposée au service de chirurgie, se désintéressait des malades.

— La guerre, disait-elle, ça nous amène des blessés ; mais les malades !... Est-ce que c'est des soldats ?

C'était entre la major et l'interne d'éternels sujets de discussion, et Mlle Kogan ne cachait pas qu'elle considérait Mlle Joannet comme une personne « sans culture », disait-elle, avec un air navré.

XI

LES services administratifs de l'hôpital avaient été confiés, comme tous les autres, à des personnes de bonne volonté. C'étaient des hommes respectables, employés, rentiers, pour la plupart époux des dames de l'Association.

En août et septembre, mois traditionnels des vacances, on n'eut point de peine à assurer le travail. Toute l'organisation avait marché à merveille, grâce à ces concours dévoués.

Mais avec octobre, il y eut des vides forcés, chacun reprenant son emploi. Il ne resta que les rentiers et les très jeunes gens qui gardaient des loisirs.

Le trésorier-comptable, entre autres, dut rejoindre son bureau. La place était difficile à tenir ; il n'y suffisait, comme pour tant d'autres, de mettre une incompétence de bonne volonté au service d'une certaine prétention ; mais il fallait y apporter des connaissances spéciales et une inlassable activité.

L'embarras fut grand pendant quelques jours. Le salut vint un beau matin, sans qu'on l'eût si vite espéré, en la personne de M. Geoffroy, officier d'administration récemment retraité, et qui, retiré dans son pays de Picardie, maintenant livré à l'invasion, était venu se réfugier

chez sa fille, mariée dans cette commune de
banlieue.

M. Geoffroy, qu'on appela tout de suite « le
capitaine », était un homme de cinquante ans
aux larges épaules, à la haute stature, à la
tête énergique et intelligente. Mais il ne « portait pas beau », comme certains hommes de
taille avantageuse qui semblent tenir à la faire
remarquer. Au contraire, M. Geoffroy marchait
la tête un peu baissée, mais les épaules droites,
attitude fréquente chez les hommes d'énergie,
qui ont de la volonté, mais ne sont pas orgueil-
leux. Le ruban de la Légion d'honneur semblait
tout à fait à sa place sur sa poitrine. Nul doute
ne venait, même aux inconnus, sur le bien-fondé
de cette distinction.

Veuf depuis plusieurs années, M. Geoffroy était
rentré dans la vie civile, brusquement, alors
qu'une élévation de grade se préparait pour lui.
Une remarque injuste faite par un supérieur
l'avait mortellement froissé. Un peu violent, très
chatouilleux sur le point d'honneur, il avait,
d'un mot, comme il disait, « envoyé tout promener ».

Quand la mobilisation fut décrétée, l'ancien
officier fit une demande pour reprendre du service, pour se rendre utile d'une manière quelconque. Il attendait toujours la réponse à sa
requête. Et, fuyant le pays dévasté, il venait
bientôt tenir compagnie à sa fille, jeune femme
dont le mari, lieutenant d'artillerie, était parti
dès le premier jour.

Le capitaine avait des yeux tendres, de beaux
yeux gris aux reflets verts qui se nuançaient
facilement de bleu, quand il souriait. Les femmes
ne manquaient jamais de déclarer qu'il avait
dû être « très bien ». A la vérité, il avait toujours retenu leur sympathique attention. Sa galanterie sans équivoque était cordiale et franche
comme doit l'être celle d'un brave homme, celle
d'un soldat. Il y avait une certaine grâce dans
ses allures un peu lourdes, dans cette manière
de pencher sa haute taille en parlant à une
femme. On sentait que cette force aimait cette
faiblesse, non pour l'asservir, mais pour la protéger, et qu'en même temps, débonnaire comme
les vrais forts, il ne demandait pas mieux que
d'être le serviteur de « la plus faible ».

Tout de suite, Claire Roland lui plut. Ce que
le capitaine reprochait le plus aux femmes,
c'était le manque de simplicité. Aussi, lorsqu'il
rencontrait une exception à ce qu'il érigeait en
règle, se laissait-il aller au charme qu'il en
éprouvait. Et lorsque cette exception était sympathique comme Claire Roland, le capitaine laissait déborder son enthousiasme.

— Quelle femme charmante, Mˡˡᵉ Roland !

Il déclarait cela, sans malice ou arrière-pensée,
devant Mᵐᵉ Dumont, administratrice de l'hôpital
et chef du service des malades.

Mᵐᵉ Dumont était une forte femme qui posait
pour la distinction et, comme cela est fatal,
n'arrivait pas à paraître distinguée. En temps
ordinaire, elle remplissait le rôle de vice-prési-
dente du Comité. On s'étonnait qu'elle n'eût point
appelé le concours d'une infirmière-major pour
diriger les salles de malades ; mais ceux qui
savaient sa vanité foncière expliquaient facilement la chose.

— Mᵐᵉ Dumont est autoritaire ; elle est, de
plus, désireuse de paraître toujours et partout
à son avantage. Elle a voulu diriger le service
de médecine pour pouvoir dominer toutes les
infirmières.

C'était l'explication de Mˡˡᵉ Joannet.

Une autre dame ajoutait bien vite :

— Et la coiffe, le tablier, la blouse ? Avez-vous
pensé à cette mise en scène ? Comme administra-
tratrice, Mᵐᵉ Dumont était tenue de garder la
toilette de ville, et ce n'est pas décoratif comme
le costume d'infirmière.

Mˡˡᵉ Joannet ne pardonnait pas à Mᵐᵉ Dumont
d'arborer un tablier dont la bavette portait, au
centre, une immense croix rouge, insigne de
« la major ».

Car il y avait la question et la querelle des
croix. Il était établi, depuis quelques années seulement, par les règlements de l'Association, que
les infirmières-majors porteraient la grande croix
pectorale sur la bavette, les infirmières simplement diplômées deux croix plus petites, à droite
et à gauche de la bavette, et, enfin, les aides-
infirmières, une seule croix sur le côté gauche.

C'était là bien des croix rivales, et plus d'une
femme n'ayant point passé l'examen, mais se
sentant plus instruite que telle autre, diplômée,
n'avait pas assez de philosophie pour s'élever
au-dessus de ces mesquineries.

Or, Mᵐᵉ Dumont, qui n'était pas « major », en
portait néanmoins les insignes, et plus d'une
fois Mˡˡᵉ Joannet, forte de son diplôme et de ses
longues séances d'hôpital en temps de paix, menaçait de saisir de cette question le Comité
central.

Quand M. Geoffroy eut, sans y tâcher, mani-
festé qu'il préférait Mˡˡᵉ Roland à Mᵐᵉ Dumont,
celle-ci en conçut un vif dépit. C'était une femme
qui entendait que tous les hommes fussent à
ses pieds. Ensuite, elle prétendait choisir parmi
eux à sa guise et n'accorder son attention qu'à
ceux qui lui plaisaient.

Or, le capitaine lui plaisait.

Bien entendu, Mᵐᵉ Dumont n'était qu'une coquette qui ne s'embarrassait point d'avoir un
cœur. Elle raillait les sentimentales qui encom-
brent leurs vies d'affections dont elles tirent
plus de peines que de joies. Son mari, homme
« effacé », une fille qu'elle écrasait sous son autorité, en attendant sans doute que cette fille
lui échappât violemment, ne suscitaient en elle
ni tendresse, ni vigilance inquiète.

Mais Mᵐᵉ Dumont ne s'oubliait jamais. Et par
ce commencement d'hiver, alors que d'autres
femmes, le cœur trop étreint, négligeaient les
choses de toilette, et que d'autres, à cause du
malheur des temps, étaient tenues à plus d'éco-
nomie, l'administratrice arrivait à l'hôpital avec
un manteau « dernière création » et un chapeau
qui « faisait chic ».

Rien ne valait, pour elle, ce costume d'infir-
mière-chef de service, bien qu'il ne lui allât pas.

— Cette tenue quasi-religieuse ne va qu'à certains types de femmes, avez-vous remarqué ?
disait M. Geoffroy à Mᵐᵉ Dumont. Comme il
sied bien à Mˡˡᵉ Roland, n'est-ce pas ?

Mᵐᵉ Dumont pensa que le capitaine la comparait, dans son esprit, à la jeune fille et que
celle-ci avait sur elle tout l'avantage.

— Oh ! fit-elle d'un ton pincé, Mˡˡᵉ Roland
donne le change. Elle n'est pas si jolie que cela !

M. Geoffroy discutait peu avec les femmes,
parce qu'il les accusait de répondre à tout, même
et surtout lorsqu'elles n'avaient à donner aucune réponse sensée.

Les mots inutiles, les explications qui ne se
tiennent pas mais qui font de l'effet, c'était la
spécialité de Mᵐᵉ Dumont. Or, cela horripilait
le capitaine, qui avait le respect de la valeur
des mots. Obligé de causer souvent avec l'administratrice pour les affaires de l'hôpital, de
prendre son avis sur chaque chose et de discuter
souvent, il ne tarda pas à ressentir un certain
agacement dont elle s'aperçut.

Tout de suite, elle accusa Claire Roland de ce
résultat :

— Il ne voit qu'elle ici...

Bientôt, elle affirma qu'il « pensait » à la jeune
fille :

— Il voudrait se remarier : j'ai vu cela, et il a jeté sur elle son dévolu.

Naturellement, elle répéta ce propos, colporté ensuite par toutes les bonnes langues.

Les dames de la lingerie et celles de la cuisine, qui portaient la blouse et le tablier, mais non la coiffe, détestaient les infirmières, qu'elles jalousaient à cause même de cette coiffe.

— Des poseuses !... surtout celles de la chirurgie !

Les infirmières de ce service, plus représentatif de la guerre que celui des malades, se tenaient, en général, avec une certaine fierté qui les rendait odieuses aux autres.

Tout cela était fort exagéré.

Mais il n'en fut pas moins établi que le capitaine « avait des vues » sur Claire Roland. Et lorsque le brave homme, tout simple et franc abordait la jeune fille, il se trouvait toujours, derrière quelque fenêtre hypocrite, une paire au moins d'yeux malveillants au service d'une mauvaise langue.

— Venez donc vite !... Voilà encore le galant capitaine qui parle avec la belle Claire !

XII

E trésorier-comptable, voulant juger de tout par lui-même, allait et venait à travers l'hôpital, se rendant d'un service dans un autre. Il était sympathique à tous et à toutes. De la lingerie à la salle de chirurgie, où il arrivait parfois à l'heure affairée des pansements, de la cuisine à la buanderie et des salles de malades aux bureaux, il se sentait entouré de cordialité. La seule Mme Dumont l'inquiétait. Alors, suivant sa propre expression, ayant « flairé un péril, il se méfiait ».

La petite Carly avait suscité son affection paternelle et même grand-paternelle ; car il la traitait tout à fait en petite fille. Il s'attendrissait à la vue de ce minois si frais, si jeune, que l'éternelle comparaison de ses joues avec la rose en bouton s'imposait dès qu'on parlait de la jeune fille.

Or, M. Geoffroy, tout en rendant justice au mérite ou à la bonne volonté des femmes qui se consacraient aux malades, blâmait les familles qui envoyaient de trop jeunes filles s'enfermer dans les hôpitaux.

— C'est le rôle des femmes, disait-il ; des femmes et des vieilles filles. Mais une fleur comme cette petite ! C'est un crime de la faire pâlir dans l'air des malades !

On avait beau lui objecter qu'au service des blessés Claire ne craignait aucune contagion et que son diplôme d'ambulancière, qu'elle avait conquis quelques mois avant la guerre, la désignait précisément pour aider aux pansements. Il se récriait :

— Sa place est au soleil, à l'air, dans la maison paternelle où elle apprendrait son rôle de femme en attendant le mari que la guerre lui renverra.

Or, Blanche Carly était loin de se douter que le capitaine connaissait son secret, tous ses secrets. Aussi fut-elle abasourdie lorsqu'un matin, l'ayant rencontrée dans un couloir désert, il la retint affectueusement par le bras.

— Vous êtes si jeune, dit-il : vous me permettrez bien de vous donner un conseil ?

— Comment donc, capitaine !

— Eh bien ! mon enfant, méfiez-vous de vos préférences.

Naturellement, la jeune fille rougit violemment, ce qui donna à ses yeux de myosotis une expression éperdue d'inquiétude.

— Méfiez-vous de vos sympathies, reprit M. Geoffroy, et, surtout, méfiez-vous-en lorsqu'elles semblent partagées.

Il n'attendit pas que Blanche répondit. Aussi bien cherchait-elle ce qu'elle pourrait dire.

— Et puis, continua-t-il, méfiez-vous de Mme Dumont, qui vous épie, et de Mlle Joannet à qui votre jeunesse porte ombrage.

— Mon Dieu ! se récria la petite infirmière, le monde est-il si méchant ? En tout cas, je ne vais plus oser parler à personne : voilà ce qui est certain.

M. Geoffroy hésita une seconde avant de répondre :

— A personne ?... Pourquoi ?... Votre rôle d'infirmière vous impose, au contraire, de parler à tous et à toutes. Mais vous êtes jeune, inexpérimentée. Vous êtes jolie...

Comme elle rougissait, il expliqua bien vite :

— Oh ! ne prenez pas cela pour une galanterie banale ! Un vieux barbon comme moi serait ridicule de se montrer galant envers une jeune fille. Je vous parle ainsi qu'à ma propre fille...

Brusquement, changeant de ton :

— D'ailleurs, mieux vaut dire tout franchement les choses. Je suis mauvais diplomate et je m'embrouille vite dans les propos préliminaires.

Puis, la regardant tout droit, ses yeux tendres ne pouvant devenir sévères, tandis qu'il ébouriffait terriblement sa moustache débonnaire :

— Pourquoi avez-vous soustrait une lettre dans le portefeuille du lieutenant Gilbert ?

Blanche Carly crut que la terre lui manquait. Elle eut, vers l'ancien officier, ce touchant regard de détresse qui implore la pitié.

— Oh ! capitaine ! Capitaine !...

— Naturellement, vous allez pleurer !... Non ? Tant mieux, car je serais obligé de vous laisser...

Elle ne pleurait pas, mais ses yeux étaient noyés de larmes, et le myosotis de ses prunelles semblait bien une fleur d'azur flottant sur un peu d'eau limpide.

— Comment j'ai su ?...

— Oh ! fit-elle avec une moue, je sais bien qu'Ali m'a vue, qu'il l'a conté à Mlle Roland, à Mlle Joannet, à tout le monde !

— Vous vous trompez, mon enfant. Je n'aurais point permis à Ali, je ne permettrais à personne de colporter un potin en ma présence. Aux premiers mots, j'arrêterais le récit. Mais j'aime mieux vous renseigner bien vite : c'est moi-même qui vous ai surprise.

— Vous ?... Comment ?... C'était pendant le ménage, tout au matin.

— J'étais là. Je passais. Je vous ai vue, défaisant le lit, vous baisser pour ramasser un portefeuille de cuir grenat qu'un papier dépassait. Et j'ai vu que vous retiriez ce papier, que vous en lisiez très vite les premières lignes. A ce moment-là, un bruit vous a inquiétée : vous avez glissé le papier dans une poche de votre tablier.

Blanche, après avoir rougi, pâlissait maintenant, l'air si navré, si abattu, que le bon capitaine en fut remué.

— Oh ! fit-elle, que je suis malheureuse !... Vous me méprisez et tout le monde avec vous !

— Non, mon enfant... J'ai arrangé la chose... J'ai affirmé que la lettre était à terre et que vous n'aviez eu d'autre tort que de la mettre dans votre poche, mais que vous ne l'aviez pas lue. Pour vous sauver des mauvaises langues, j'ai fait une chose dont je me croyais incapable jusque-là : j'ai menti.

— Merci, gémit la jeune fille. Mais vous oubliez qu'Ali prétend m'avoir vue...

— Entre Ali et moi, personne n'hésite. C'est moi que l'on croit et non pas lui.

Blanche leva sur le comptable son regard désolé.

— Mais vous ?... vous, quelle opinion avez-vous de moi ?

M. Geoffroy sourit de son sourire de brave homme, ce sourire qui va si bien aux grosses moustaches des soldats blanchis sous le harnois.

— Mon opinion ? Elle est excellente, rassurez-vous, si vous me faites l'honneur de vous en soucier. Vous avez commis une indiscrétion qui s'explique...

— Comment cela ?

— Oui... Quand on sait.

— Quand on sait quoi ?

— Votre secret, chère petite, ce premier secret que les jeunes filles gardent si mal et que les vieux de mon âge devinent tout de suite.

De nouveau, les roses de l'été s'épanouirent sur les joues de l'infirmière. Elle essaya de paraître ne pas comprendre, de donner le change.

— Je ne sais... commença-t-elle.

— Si : vous savez. Je ne vous dirai rien de plus. Et j'en reviens à mon point de départ : méfiez-vous de vos préférences, de vos brusques sympathies, qui peuvent s'égarer. A votre âge, et sentimentale comme je vous vois, il y a trop d'analogie entre le premier amour et le premier venu !

— Oh !... comme ce mot-là sonne mal !

— Pardonnez-le-moi : je n'ai pas le temps d'en chercher un plus élégant. Enfin, j'ai tenu à vous mettre sur vos gardes. C'est fait. Au revoir, mademoiselle !

Mais, Blanche, soudain brave, l'arrêta.

— Non, capitaine ! Pas encore ! Vous croyez que j'ai lu la lettre, n'est-ce pas ?

— Je n'ai pas dit cela.

— Mais vous le pensez. Eh bien ! je ne veux pas que vous ayez cette idée. J'avoue mon mouvement de curiosité : j'ai déplié, pas en entier, mais trop, tout de même, ce papier à quoi je ne devais pas toucher. Je voulais le remettre à sa place sur-le-champ : un bruit m'a troublée, et c'est un mouvement involontaire qui m'a fait glisser la lettre dans ma poche. Ensuite, je voulais la replacer dans le portefeuille. Mlle Joannet m'a vue et me l'a, d'office, enlevée. Après, je ne sais plus.

— J'ignorais l'arrivée de Mlle Joannet dans cette aventure. Alors, le secret, s'il y en a un, est en péril.

— Je voudrais, dit Blanche, que le lieutenant eût retrouvé sa lettre. Que doit-il penser ?

— Peut-être rien du tout ! Allons ! voilà une bonne conversation, et un incident réglé !

XIII

E n bas, dans les salles du service de médecine, Mme Dumont cherchait à se donner de l'importance auprès des médecins du pays qui, non mobilisables, avaient accepté de venir visiter les malades de l'hôpital. Comme elle avait de l'aplomb et était classée « jolie femme », chic, parfumée, teinte en noir et habile aux regards « qui en disent long », ces messieurs lui accordaient une certaine importance et la lui témoignaient volontiers. Mais elle avait le tort de ne pas savoir borner son audace. Alors, elle s'égarait à parler « médecine ».

« Faites des perruques », conseillait Voltaire à son barbier qui lui donnait son avis sur des choses littéraires. Et l'on a fait un proverbe avec l'apostrophe du peintre Appelle à son cordonnier : « Ne tutor... »

Plus heureuse, Mme Dumont ne se voyait pas reprocher ses « gaffes » nombreuses. Elle avait trop bonne opinion d'elle-même pour supposer un seul instant qu'elle ne prononçât pas des paroles remarquables. Autoritaire, très adulée, elle avait été amenée à cet état d'orgueil par la faiblesse de son mari qui, comme tant d'hommes, désirait surtout « la paix chez soi ».

En ce moment, Mme Dumont affirmait à l'un des docteurs que, sûrement, le « dix-neuf » avait la fièvre typhoïde. Le médecin, brave homme, souriait et Mme Dumont se disait tout bas : « Je m'y connais ! »

C'était faire à Mme Dumont une sorte d'injure personnelle que de ne pas considérer un malade comme toujours atteint d'une affection grave. Quand on voulait lui plaire, il fallait magnifier et dramatiser les « cas » de son service.

— *Madame Dumont fit un pansement sommaire* (p. 18).

Un vieux médecin qu'elle amusait sans y tâcher aimait à dire à ses confrères :

— Mme Dumont ? Quand un nouveau va mieux après deux jours, elle le regarde d'un air sévère. Il semble qu'elle veuille lui reprocher : « Comment, vous allez déjà mieux ? A quoi pensez-vous, mon ami ? »

Précisément, Mme Dumont déclarait que ce « dix-neuf » avait tous les symptômes de la typhoïde.

— Bénin, madame, très bénin. Para-typhique, peut-être : c'est à la mode. Une grippe, de l'embarras gastrique, et vous voilà para-typhique. Il y a deux ans, on n'y pensait pas ; dans un an, on n'y pensera plus.

Mme Dumont prit l'air presque outragé, et son regard se fit mystérieux.

— On verra... Il y a tant de surprises !

Par exemple, elle se refusait à trouver intéressant ou grave un seul « cas » de la chirurgie.

— Des poseuses, là-haut ! Elle sont dix où il
en faudrait une ! Alors, à l'heure des pansements, l'une tend un plateau, l'autre un flacon
dont une troisième tient le bouchon. Elles se
cognent et se heurtent. C'est grotesque ! Ah !
elle sait administrer, Mlle Joannet !

Au fond, elle sentait bien que le capitaine ne
l'appréciait pas et qu'il était même sur le chemin
de la détester cordialement. Au contraire, il vantait l'habileté, la dextérité de Mlle Joannet dont
le tour de main, dans les pansements exécutés
devant lui, avaient impressionné l'ancien officier.

Mais, tandis que s'arrêtait là sa sympathie,
plutôt extérieure, si l'on peut dire, celle de
Mlle Joannet s'affirmait chaque jour davantage
pour le trésorier aux yeux tendres, aux manières
si douces avec les femmes.

Mlle Joannet fût morte de honte plutôt que
d'avouer à quiconque son dépit de ne s'être point
mariée. Elle pensait bien y avoir à tout jamais
renoncé, et beaucoup de son aigreur ordinaire
était né de ce renoncement mal consenti.

Pourtant, la présence de M. Geoffroy, bel
homme, « ancien militaire et décoré », rouvrit la
petite fleur bleue fanée au cœur de la vieille fille.
Un fol espoir l'agita quand elle vit qu'il admirait son adresse. De l'admiration à l'amour, qui
sait ?... Le chemin pourrait bien n'être pas très
long.

Or, Mme Dumont, avec cette perspicacité éton-
nante qu'apportent en l'espèce les femmes les
plus vulgaires, avait pressenti la tendre sympathie de la major pour le trésorier-comptable.
Mais celui-ci se montrant fort aimable pour
Mlle Joannet, Mme Dumont eût juré qu'il éprouvait un sentiment identique, ce dont l'excellent
homme était loin.

Un matin, à l'heure des pansements, Mme Dumont eut l'occasion de se louer de sa propre
perspicacité. Le capitaine, en voulant manœu-
vrer un contre-vent qui fonctionnait mal, se
pinça si violemment un doigt qu'il ne put retenir
un léger cri.

Mme Dumont, présente, s'effara, fit un pansement sommaire, et comme elle était vraiment
inquiète, elle oublia un instant qu'elle devait
avoir des talents d'infirmière et proposa :

— Vite ! Là-haut ! Mlle Joannet va vous faire
un pansement.

Cinq minutes plus tard, elle précédait M. Geoffroy dans la salle de chirurgie.

C'était la belle heure du service. Dans la
lumière vive, qui tombait d'en haut, les instruments brillaient, et ceux des vitrines, soigneusement étalés sur leurs tablettes de verre, semblaient des bijoux appelant l'acheteur.

Quatre ou cinq soldats se tenaient là, les uns
debout, d'autres assis, tandis qu'autour d'eux de
blanches infirmières, silencieuses et agiles, s'em-
pressaient à défaire les pansements. Armées des
ciseaux courbes, elles coupaient les bande dur-
cies de la tarlatane. Parfois, aux grandes épais-
seurs, il y fallait une certaine vigueur. Les
visages devenaient alors plus sérieux, les têtes
s'inclinaient davantage, ramenant en avant les
pointes de la coiffe.

Une autre infirmière s'avançait, tenant un plateau « rognon » ou « haricot ». C'était la fonction
des débutantes, et encore Mlle Joannet coulait-
elle vers elles des regards torves pour se rendre
compte de certains détails importants, à quoi
l'on reconnaît l'aide-infirmière qui a des principes.

— Mademoiselle Jeanne, tenez votre plateau en
dessous. Là... sur le plat de la main... Jamais
les doigts sur les bords...

Bientôt, l'épaisse couche de coton cardé était
défaite, et quand apparaissait l'ouate hydrophile,
les mouvements de l'infirmière devenaient très

attentifs. Le blessé, autant qu'il le pouvait, cherchait alors à se rendre compte. Enfin, les compresses se montraient, et l'on arrêtait pour
attendre le passage de l'interne.

Mlle Kogan arrivait, se lavait lentement les
mains et les passait dans de l'eau bouillie iodée.
C'était sa formule ; Mlle Joannet en avait une
autre : elle se faisait verser de d'alcool dans les
mains.

Pendant que l'interne examinait la blessure,
en pressait les bords ou en sondait la profon-
deur, les infirmières approchaient, tendant la
tête pour voir, pour entendre, car on parlait
toujours bas.

Les plaies se montraient dans leur cruelle
nudité. Claire Roland s'habituait à ce spectacle ;
certaines femmes y demeuraient très sensibles,
et leur visage, soudain contracté, témoignait à
la fois de la pitié, de l'horreur et un peu d'inconscient dégoût.

Les blessés se tenaient courageusement, et à
peine entendait-on quelques gémissements étouf-
fés. Mais, sur les visages, la souffrance impri-
mait tout à coup ses stigmates. Tel qui, tout à
l'heure, faisait rire les autres, devenait livide et
tordait sa bouche sur une grimace infernale.

On entendait les brefs commandements de
Mlle Joannet, faits à voix basse.

— Coton cardé... compresse... un tampon...

Une infirmière présentait, au bout d'une pince,
l'objet demandé.

Les débutantes se faisaient reprendre sévèrement.

— Jetez-moi cette compresse que vous avez
touchée.

Puis, à ses infirmières habiles, chargées de
certains pansements, la major donnait ses ordres
rapidement.

— Au neuf : teinture d'iode et pansement sec...
Au douze : pansement humide, eau alcoolisée.

Elle-même exécutait les pansements plus importants : spicas, bandages de corps où sa dextérité faisait merveille.

Parfois, sa voix devenait dure et impérieuse et
elle criait :

— Mesdemoiselles, sortez !

Les plus jeunes comprenaient et s'envolaient.
Mlle Joannet ne gardait que deux infirmières
d'âge raisonnable. C'était quelque pansement
délicat auquel la major n'admettait point les
jeunes filles. Quand c'était fini, Mlle Joannet gardait un air très grave.

Il y eut un moment de trouble à l'entrée de
Mme Dumont, derrière qui l'on voyait le capitaine, la dominant de toute sa haute stature.

— Je vous amène un civil.

C'était ainsi qu'on introduisait, souvent, quelque petit blessé du dehors demandant secours
à l'hôpital. Mais M. Geoffroy rectifiait :

— Un civil, pas tout à fait : un ancien militaire.

Mlle Joannet faillit lâcher le bras autour duquel
ses doigts experts enroulaient savamment les
spires d'une longue bande dont elle maintenait
soigneusement le globe roulé. Il apparut à tous
les yeux que la major rougissait violemment, ce
qui indiquait une véritable émotion.

Claire Roland, voyant sa supérieure occupée,
s'était avancée vers M. Geoffroy, dont la main
se recouvrait d'un mouchoir.

— Voyons, capitaine...

Mais elle fut interrompue non sans brutalité.

— Mademoiselle Roland, laissez, je vous prie.
Tenez... achevez cela, pour ne pas faire attendre
le capitaine.

Et elle abandonnait aux mains de Claire le
pansement du bras dont, quelques minutes plus
tôt, elle prétendait s'occuper seule.

Sa voix était toute changée, bizarrement voilée
d'une douceur qui ne lui seyait pas.

— Vous avez eu un accident ?

Tandis que M. Geoffroy la mettait au courant, Mlle Joannet, avec une timidité étrange et imprévue, étendait les mains vers la main blessée.

Mais déjà Mme Dumont enlevait le mouchoir.

— C'est moi qui l'ai pansé... c'est moi qui le faisais...

Son regard aigu rencontra le regard autoritaire de l'infirmière-major. Entre femmes, ces regards de haine ou de mépris sont souvent motivés par des riens. C'est à la moindre occasion que les sentiments antipathiques se dévoilent.

Mlle Joannet supporta le choc et se contint. Elle demeura très droite, sûre de sa supériorité.

— Vous l'avez pansé ?... fit-elle seulement. Et l'on sentait toute son ironie, devant ce chiffon de toile mal roulé sur le doigt blessé.

Son sourire froissa Mme Dumont, d'autant plus qu'en parlant Mlle Joannet avait regardé éloquemment la grande croix rouge, — la croix usurpée, — au milieu de la bavette de l'administratrice.

Mlle Joannet avait pris sa revanche et en jouissait, car le capitaine, tout en la remerciant de ses soins, lui adressait, devant sa rivale humiliée, de chaleureux éloges.

<h2 style="text-align:center">XIV</h2>

LA blessure du lieutenant Gilbert se cicatrisait rapidement, mais la fracture laissait une ankylose dont il y avait lieu de s'inquiéter. François se montrait de plus en plus agité et nerveux ; son humeur se ressentait de la crainte qui l'étreignait chaque jour un peu plus.

— Ma carrière brisée !... Devenir un infirme, un de ces éclopés de la guerre à qui l'État donnera une pension ou une place !...

Plus bas, comme à lui-même, il ajoutait parfois :

— Exciter la pitié, à l'âge où l'on rêve d'être admiré !

Et, un jour, Mlle Joannet affirma qu'il avait ajouté :

— Et aimé !

La vieille fille s'humanisait, depuis qu'un sentiment tendre avait troublé son cœur que l'on croyait invulnérable.

— Pauvre jeune homme ! Il a sans doute quelque amour au cœur, et il craint que son infirmité éloigne de lui celle qu'il aime.

Claire Roland eut une réplique prompte :

— Une femme qui changerait pour une telle cause serait indigne et lâche !

Dans son beau regard calme flambait une sourde colère, comme une rancune envers toutes celles qui, dans quelques mois, pourraient manquer de fidélité, d'abnégation, de grandeur d'âme.

Mais la major, hantée par l'idée fixe, ne vit dans ce mouvement que les indices involontaires d'un sentiment qui lui déplut. Depuis quelque temps, elle avait donné à son opinion sur Claire une orientation nouvelle. Après l'avoir soupçonnée de « penser » au lieutenant Gilbert, elle l'accusait secrètement de chercher à conquérir le capitaine.

Or, le capitaine, Mlle Joannet en avait fait sa chose, sans qu'il s'en doutât, sa propriété, et, ce qui est immense, tout son espoir. Une jalousie formidable et quasi féroce s'affirmait en elle, à la seule idée qu'une autre femme pouvait l'emporter sur elle dans l'esprit de l'administrateur.

Alors, en réponse à la déclaration si sincère de la jeune fille, l'infirmière-major eut un mot méprisant :

— Et celles qui préfèrent les hommes non mobilisables, qu'en dites-vous ?

— Comment voulez-vous que j'en dise quelque chose ? On ne saurait établir de généralités.

— Une demoiselle d'une trentaine d'années qui recherche un monsieur de cinquante ans, un homme, par conséquent, ne craignant plus les périls de la guerre ?

Claire Roland demeura un instant interdite : d'abord, elle ne comprit pas où voulait en arriver sa major. Si l'allusion eût porté sur le lieutenant Gilbert, elle en eût ressenti sur-le-champ une émotion très vive. Mais ici, tout en sentant bien que Mlle Joannet avait l'intention secrète de la blesser, elle ne discernait pas les rouages de sa mystérieuse pensée.

Aussi crut-elle mieux faire en ne répondant pas, ce qui permit à Mlle Joannet, de plus en plus acerbe, de continuer.

— Vous voyez : vous ne trouvez pas d'explication.

Un peu d'impatience frémit dans la voix de la jeune fille.

— Mais enfin, mademoiselle, je ne comprends rien à ce que vous me dites à mots couverts. Si vous me parliez clairement, ce serait plus vite fait.

— Clairement ?... Cela vous fâcherait ! Alors, restons-en là !

— Pas du tout et moins que jamais ! Maintenant, je vous le demande instamment : dites-moi ce que vous pensez.

La major perdait la prudence qu'elle avait toujours apportée dans la vie. En général, elle n'était guère confidentielle ou communicative. Décocher de petits traits aux gens et « garder le reste pour elle », c'était son habitude.

Mais l'amour ne serait pas l'amour s'il laissait subsister l'ombre de raison dans un esprit dont il s'empare. Et depuis qu'elle aimait, si tard, si loin déjà sur le chemin de la vie, la vieille fille perdait positivement cette raison solide, qui semblait jusqu'alors un bloc tout d'une pièce.

— Puisque vous y tenez, dit-elle d'une voix décidée, je vais vous dire tout haut ce que tout le monde dit tout bas. D'ailleurs, c'est dans votre intérêt, et mieux vaut que vous le sachiez.

Puis, tout d'un trait, elle lança :

— On dit que vous cherchez à vous faire épouser par M. Geoffroy !

C'était si inattendu que Claire oublia de protester. Elle eut un sourire de dédain en répondant froidement :

— J'aurais dû savoir que dans un établissement comme celui-ci, tout rempli de femmes, on ne pourrait échapper aux cancans...

— Les cancans, c'est de la vérité éparpillée, interrompit sentencieusement Mlle Joannet.

— C'est surtout l'exagération de petits faits et l'interprétation fausse des sentiments d'autrui, riposta Claire. C'est du jugement téméraire au service de petites calomnies et de grosses médisances.

— Tant que vous voudrez, ma chère ; mais la médisance n'est qu'une vérité qui n'est pas bonne à dire. On ferait mieux de la garder pour soi, oui, d'accord ! Tout de même, elle reste une vérité. Où il n'y a rien, le roi perd son droit.

Claire Roland la regarda fièrement.

— Je serais curieuse de savoir quelle parcelle de vérité peut contenir le mesquin potin que vous me rapportez.

Mlle Joannet eut un sourire qui exprimait une profonde pitié.

— Une parcelle?... Nierez-vous que vous recherchez les occasions de rencontrer M. Geoffroy, de lui parler ?

— Je ne les recherche ni les fuis.

— Oh !... Heureusement qu'il y a des témoins ! Claire Roland avait pâli.

— Je ne permets à personne, fit-elle d'une voix tremblante, de surveiller mes allées et venues.

d'épier mon attitude dans l'hôpital. Mais si je suis en butte aux stupides espionnages des sots et des sottes, je m'en console facilement par l'estime des autres.

— Celle du capitaine !

— Parfaitement !

Ainsi, comme tous ceux qui laissent déborder la passion, Mlle Joannet, ne se contenant plus, amenait la conversation sur le terrain le plus périlleux, mais le seul qui l'intéressât.

Elle toisa haineusement Claire Roland dont le fin visage un peu tiré de fatigue et pâli d'émoi avait cependant un air de jeunesse pensive et recueillie, une distinction infinie, une inoubliable expression d'intelligence, de sensibilité et de noble douceur. Comment Mlle Joannet lutterait-elle contre tant de charmes, lorsqu'elle savait, par ailleurs, que le capitaine n'était de guère plus âgé qu'elle ?

Aussi se trouva-t-elle réduite aux manœuvres désespérées.

— Oh ! fit-elle, le capitaine est bien au-dessus de toutes ces sornettes !

Les réponses « du tac au tac », n'étaient pas familières à Claire Roland. Il est à remarquer que les individus qui pensent le moins sont ceux qui parlent le plus facilement. Mais ils n'éblouissent qu'eux-mêmes et les naïfs.

Claire réfléchit donc un instant avant de répondre. Attaquée aussi directement, elle acceptait bravement le combat et ne cherchait pas à fuir.

— M. Geoffroy, dit-elle, a trop de cœur et de délicatesse pour traiter de sornette la réputation d'une femme.

Un mauvais rire lui coupa la parole.

— C'est complet ! clama Mlle Joannet : vous voulez l'amener à vous défendre, et l'on sait de reste qu'un homme est lié à une femme qu'il a défendue.

Claire Roland se tenait droite, forte de sa dignité qu'on voulait entamer en lui cherchant une mauvaise querelle.

— Je crois, mademoiselle, fit-elle d'un ton calme, que vous voulez m'amener à quitter l'hôpital. Mais je vous rappelle que j'ai signé l'engagement d'y servir. Je dois donc rester.

Mlle Joannet parut désagréablement surprise.

— Comme chef de service, dit-elle d'un air pincé, j'ai le droit de me séparer d'une collaboratrice.

— Encore vous demanderait-on les raisons de mon renvoi. Vous seriez peut-être un peu gênée pour motiver votre décision.

L'infirmière-major perdait pied. Autoritaire et orgueilleuse de ce qu'elle croyait un rare talent, elle manquait de finesse et se fiait trop à l'admiration qu'elle s'imaginait susciter tout.

Pascal cataloguait les esprits humains en deux classes : les esprits géométriques et les esprits de finesse, ceux-là agissant d'après des plans aux lignes nettes, aux angles accusés. Rien n'est dur, au choc, comme ces esprits-là ; mais rien ne se brise plus facilement que ces plans rectilignes, dont un rien altère la rigidité.

Mlle Joannet était, des pieds à la tête, de corps et d'esprit un être géométrique. Depuis sa coiffe, qui prenait, au sommet de sa tête, des formes sèches de mitre, jusqu'aux plis droits de son tablier, elle donnait l'impression d'une femme en qui « tout se tient ». Elle s'était peinte toute entière, un jour, en déclarant à Blanche Carly qui se plaignait que les blouses se chiffonnaient dès qu'on s'asseyait :

— Moi, je ne m'assieds pas ; alors, ma blouse tombe toujours bien droit.

A la réplique de Claire Roland, toute l'ordonnance de ses idées fut bouleversée. Se tirer de là devenait difficile : il n'y avait plus qu'à clore l'incident avec brusquerie.

— La jeunesse ne respecte plus rien, gémit-elle d'un ton de colère rentrée. Restons-en là.

Et elle tourna le dos, à la surprise de Claire Roland qui, tout émue, mais décidée au combat, s'apprêtait à le soutenir.

L'ironie du sort lui apparaissait absolue dans cette aventure. Jamais altercation, discussion ne lui avaient paru plus ridicules, plus injustifiées. Cette querelle, — ne dit-on pas une querelle d'Allemand, dans ces cas-là ? — n'avait été motivée par rien de sérieux. Mlle Joannet semblait s'être, soudain, libérée d'une poche de fiel qui l'eût gênée. La comparaison s'imposait : Claire voyait de ces abcès douloureux dont on apaise l'ardeur en les incisant. Mais le coup de bistouri est laissé à la volonté du chirurgien. Il peut le donner ce jour ou un autre ; il peut ne pas l'exécuter.

Mlle Joannet, souffrant d'un abcès moral, avait donné le coup de lancette. Sans doute en était-elle soulagée.

Mais pourquoi cette mise au premier plan de la personne si modeste du capitaine ? Pourquoi cette émotion non dissimulée et cette accusation si téméraire ?

Claire Roland retint un petit rire jeune : la seule pensée de Mlle Joannet rêvant d'amour lui parut décidément bouffonne.

XV

A mesure que le temps passait, des froissements et des susceptibilités se manifestaient et éclosaient aux quatre coins de l'hôpital. L'effort de bonne volonté qui, aux premiers jours, avait fait taire les petites vanités, s'était usé en ces quelques mois. Le naturel de chacun et de chacune reprenait le dessus. Telle qui avait nuancé de douceur un autoritarisme outré, redevenait impérieuse et blessait son personnel. Telle autre, qui avait accepté les observations et offert au pays le sacrifice d'un orgueil natif, ne supportait plus que les seules louanges et se rebiffait au moindre mot non flatteur.

Les forces physiques, elles aussi, se lassaient. La nervosité sert de robustesse à beaucoup de femmes ; on est alors surpris de ce que peut accomplir une créature frêle ou maladive. Mais encore faut-il que la tâche plaise à celle qui l'accomplit. L'amour, l'amour maternel inquiet donne des forces aux plus faibles. Il est moins ordinaire de rencontrer des femmes capables de supporter longtemps la fatigue dans une tâche qui a pour objet une idée abstraite.

Aussi, après ces quelques mois de guerre, et bien que chacune se fût affirmée très patriote, un immense déchet commençait-il à se manifester dans le personnel de l'hôpital.

Le feu sacré baissait, avant de s'éteindre. On arrivait d'un pas moins rapide ; on endossait la blouse sans enthousiasme et c'est avec une certaine mélancolie que l'on se voilait la tête de la coiffe blanche.

Les soupirs s'entendaient, scandant la fuite des temps dans le silence des salles. On apportait un tricot ; on continuait bien à confectionner des mitaines et des cache-nez, des passe-montagnes et des gilets ; mais quelques infirmières apportaient une broderie, une dentelle.

La vie reprenait... Que cette guerre était longue !

Une foule de petits détails blessait Claire Roland. Elle savait bien que la première qualité d'une infirmière est l'habileté professionnelle, la connaissance de ce qui concerne son métier. Aussi, trouvait-elle tout naturel que les médecins eussent une préférence pour certaines femmes, même vulgaires et ignorantes théoriquement, mais expertes et adroites dans les fonctions de gardes-malades.

Cependant, elle ne pouvait s'empêcher de regretter qu'il n'y eût, dans l'enseignement donné aux infirmières, une partie réservée pour leur rôle moral en temps de guerre.

Réunis, les soldats sont de grands enfants ; beaucoup d'entre eux sont encore presque des adolescents. Ils arrivent à l'hôpital un peu déprimés par les fatigues ou les souffrances. Quand ils reviennent à la vie, ils n'ont généralement que deux désirs : ne pas retourner à la guerre et bien manger. Cela ne les empêche pas d'être très braves quand ils sont renvoyés « au front » et de s'accommoder avec belle humeur des privations. Mais à l'hôpital, dans leur lit ou dans la longue capote, toujours trop large, ils ont l'allure la moins martiale qui soit. Ils apprécient qu'ils ont fait leur devoir et que c'est au tour des autres. Et puis, loin de la mêlée et de son fracas, ils ont trop de temps pour penser. Avec le bien-être, l'ennui naît, et ils se traînent avec des airs nonchalants qui font douter s'ils sauront jamais manier de nouveau un fusil. Ils pensent, et c'est la nostalgie du pays, du foyer, que viennent raviver les lettres qu'ils reçoivent régulièrement. Le souci du travail, des affaires qu'ils abandonnèrent revient, impérieux. La guerre leur apparaît plus lointaine et moins nécessaire ; de loin, ils jugent, apprécient les événements, chacun à sa manière.

L'infirmière vit auprès des soldats. Elle a de longues heures de garde, assise près de la table où l'on joue, près des lits d'où les propos s'envolent. Souvent elle est seule, au milieu d'une salle remplie de ces braves et simples gens. Sa présence leur semble toute naturelle ; il ne vient à aucun la moindre de ces pensées qui, en temps de paix, se formuleraient tout de suite entre soldats, à propos d'une femme. Celle-ci n'a-t-elle pas, ce matin même, rendu de ces soins à cause de quoi l'on ne peut plus « faire le malin avec elle » ? Si, tout à l'heure, on souffre de quelque misère, n'est-ce pas à elle que l'on s'adressera et par elle qu'on sera soulagé ?

Claire Roland pensait donc que l'infirmière peut au moins essayer de soigner le moral des hommes comme elle s'efforce de soigner leur être physique. Elle plane au-dessus d'eux ; ils la respectent infiniment, la placent en dehors des autres femmes, et il est nécessaire qu'elle conserve ce beau privilège en demeurant, à leurs yeux, supérieure au vulgaire. Toute parole de sa bouche prend une importance ; ses gestes sont de consolation et de soulagement. Elle doit oublier et faire oublier qu'elle est femme.

Or, Claire Roland voyait avec peine des infirmières qui faisaient les coquettes, qui montraient des coiffures trop apprêtées, d'intempestifs bijoux, — bien qu'ils fussent défendus, — des talons hauts et claquants, — bien que le règlement ne les autorisât point. Et des choses pires l'affligeaient.

— La guerre ! Quelle horreur !

C'était une infirmière qui poussait ce cri.

Une autre écoutait les plaintes d'un geignard et faisait chorus avec lui.

— Vos officiers vous commandaient cela ?... Ce n'est pas honteux ?... Et eux, pendant que vous obéissiez, qu'est-ce qu'ils faisaient, eux ?...

Claire Roland se sentait frémir ; malgré elle, ne se contenant plus, elle disait son mot, discutait, prononçait de nobles paroles qui, chez elle, étaient des paroles de sincérité.

— On se doit à son pays, même jusqu'au sacrifice de sa vie.

De courtes discussions s'ébauchaient, qui lui laissaient le cœur lourd. Elle déplorait de n'être pas chef de service, pour avoir le droit d'imposer son autorité, et de faire taire certains propos.

Elle pensait qu'il eût été beau qu'en rentrant chez soi chaque soldat pût dire : « Je n'ai pas entendu un mot de découragement, de plainte, formulé par une infirmière, mais, au contraire, des paroles fortes et remontantes. »

Les plaintes, oui, certes ! Et qu'ils sentent bien qu'une infinie pitié se lève sous leurs pas ; mais Claire eût voulu autre chose.

— Vous avez peiné, disait-elle à ceux qui se plaignaient, mais on vous admire, on vous aime.

Un soldat peu « militaire » lui demandait un jour :

— Qu'est-ce qu'on me donnera, moi, à la place de mon doigt coupé ?

— Vous avez le suprême honneur, répondit Claire ; votre blessure est la plus magnifique des décorations.

Bien des fois, François Gilbert avait assisté à ces courtes conversations dans lesquelles la jeune fille, on le sentait bien, mettait tout son cœur.

— Que j'aime vous entendre ! s'écriait-il un jour ; vous êtes un véritable apôtre !

Et comme elle souriait, avec l'air de ne pas croire à ses paroles, il ajouta :

— Savez-vous que c'est très rare, aujourd'hui, une âme d'apôtre ! Des gens qui parlent bien, oui, nous en rencontrons souvent. Parfois même, ils ont comme une manière de sincérité. Mais ils ne convainquent personne, ils ne remuent point les cœurs. Que ce soit le prédicateur du haut de la chaire ou l'homme politique à la tribune, l'avocat à la barre, ou le professeur sur son estrade, ou simplement l'ami qui vous parle, c'est seulement l'âme d'apôtre qui conduit les autres.

— Cependant, objecta Claire, il y a des gens sincères qui ne sont point éloquents. Comment arrangez-vous cela ?

— Très facilement ; il n'est point nécessaire de parler élégamment pour convaincre. Bien des prédicateurs qui disent des phrases splendides laissent froid leur auditoire.

En ce moment, M. Geoffroy pénétrait dans la salle. Malgré elle, Claire se rappela les insinuations de Mlle Joannet, et ce souvenir la gêna, au point de la faire rougir.

Le capitaine remarqua cette rougeur et en conclut en lui-même que les femmes, à leur insu, se trahissent quand elles sont bonnes. Car il était persuadé que Claire Roland était la bonté même.

« Voici cette jeune fille qui me semble parfaite, et cette autre si mignonne, Blanche Carly, qui pensent à ce lieutenant. Elles ont bon goût, car il est très bien, très soldat. Il va être capitaine après la guerre, s'il en revient... Il fera une belle carrière. »

M. Geoffroy soupira, sans ressentir un chagrin déterminé. Cette jeunesse qui évoluait autour de lui l'attristait un peu tout en lui plaisant beaucoup. Vieillissant, mais non vieux encore, il se sentait plus jeune que son âge, et cette sorte d'anomalie le rendait timide, par crainte du ridicule. Il exagérait donc sa maturité, affectant de parler aux jeunes femmes en grand-père, alors qu'il eût aimé leur compagnie, autant qu'autrefois, pour leur rendre hommage comme un galant chevalier. Mais il aimait évoluer dans leur sillage, s'occuper de leurs faits et gestes. Il était comme ces marins vieillis qui ne prennent plus la mer, et ne peuvent s'éloigner d'elle. On les voit, dans les ports, qui passent de longues heures sur la jetée, les yeux perdus sur l'infini, avec des regards mélancoliques. Il leur semble, pourtant, qu'ils auraient toujours autant de force. Mais peut-être qu'on se moquerait d'eux et qu'une voix, — ne serait-ce que la voix des flots, qu'ils connaissent si bien, — s'élèverait pour les traiter de vieux fous...

Comme il rêvait sur place, seul à l'entrée d'une salle, il n'entendit point Mlle Joannet qui arrivait par le fond. Les chaussures des infirmières causaient de ces surprises. On n'entendait pas venir les blanches dames, sauf quelques-unes qui s'entêtaient à garder, malgré le règlement, les hauts talons à la mode.

— Je vous y prends, mon capitaine !

L'infirmière-major se plaisait à parler militairement à M. Geoffroy comme à un supérieur. Elle se disait « un petit sous-off » dans l'armée de l'hôpital.

— Mon capitaine, je vous y prends ! répéta-t-elle.

— A quoi me prenez-vous, mademoiselle ?

— A rêver.

C'était vrai, mais ce qui parut extraordinaire à M. Geoffroy, c'est qu'il se sentit rougir, comme un adolescent à qui l'on parle « d'une demoiselle ». Alors, par comble de maladresse, il se défendit :

— Ce que vous prenez pour du rêve, mademoiselle la major, c'est tout bonnement de la réflexion. J'étais là à regarder où l'on pourrait bien mettre ce fameux rideau dont vous me parliez hier.

Mlle Joannet eut un sourire aigre. Il est des gens qui vous « font froid » quand ils sourient : elle était de ceux-là.

— Dommage, fit-elle, que ce rideau doit être posé à l'autre bout de la salle. Il faudrait aller là-bas pour vous rendre compte et tourner le dos...

Discrètement, du regard plus que du geste, elle désignait le fond de la salle numéro quatre et le tableau touchant que formaient la blanche forme de Claire Roland debout au chevet du lieutenant Gilbert.

— On les peindrait ! ricana la vieille fille.

M. Geoffroy la regarda avec quelque surprise. Foncièrement bon et droit, il ne comprenait pas tout de suite les finasseries des gens retors. Cependant, comme il se méfiait des femmes, quoi qu'il les aimât, il se tenait toujours un peu sur ses gardes quand il était aux prises avec les insinuations de l'une d'elles.

Tout à coup, il eut la révélation que Mlle Joannet détestait Claire Roland pour ces raisons de rivalité qui agitent les âmes féminines les moins nobles. Déjà, il avait remarqué cette animosité chez Mme Dumont ; mais chez la major, elle le surprenait davantage. Parce qu'elle pansait un blessé avec une réelle maestria, le capitaine ne s'imaginait-il pas que la vieille fille planait au-dessus du commun des mortelles ?

Dès qu'il entrevit la vérité, il se ressaisit et reprit sa belle placidité de brave homme :

— N'est-ce pas qu'ils sont gentils ? fit-il.

Mais là encore il ne réussit point. Mlle Joannet devait, logiquement, se désintéresser des sentiments réciproques de Claire Roland et du lieutenant Gilbert. Et voilà qu'elle ne tolérait même pas que M. Geoffroy les trouvât, tous les deux, « gentils » !

— Ils sont ! rétorqua-t-elle, en appuyant sur les mots. Parlez pour le lieutenant, si vous voulez. On est toujours gentil, quand on est beau garçon, militaire et blessé, par-dessus le marché. Mais Mlle Roland n'est plus si jeune qu'on puisse la traiter en enfant !

— Aussi ajouterai-je bien vite que Mlle Roland est une personne charmante et parfaite, répliqua l'ancien officier qui aimait beaucoup taquiner les femmes et commençait à comprendre qu'il agaçait Mlle Joannet.

Elle, cependant, eut l'intuition rapide qu'elle avait une occasion unique de se hausser dans l'esprit du capitaine, en se rangeant à son avis.

— Parfaite et charmante ! Comme vous avez raison ! Ah ! elle a de la chance, elle !

Un grand soupir ponctua l'exclamation.

— Quelle est donc sa chance ? railla M. Geoffroy.

Il s'amusait, maintenant ; il voulait amener la major à s'enferrer, à trahir quelque chose de ses pensées ou à en rougir devant lui. Puisqu'elle détestait Claire Roland, celle-ci serait vengée.

— Oh ! répondit Mlle Joannet en prenant un air quasi-suave, ce n'est pas facile à expliquer. Mais vous me comprendrez, vous, mon capitaine. Vous comprenez les femmes, vous devinez ce qui se passe dans leur cœur.

M. Geoffroy eut un bon sourire et s'inclina :

— Vous avez de moi une opinion trop flatteuse, mademoiselle. Je ne sais si aucun homme peut se vanter de comprendre les femmes.

— Les femmes ?... mais une femme... murmura Mlle Joannet. Quand il y a certaines sympathies... des affinités...

Le trésorier sentit qu'un piège lui était tendu par l'éternel féminin. Alors, il se tut, prudent.

— On croit, continua avec componction Mlle Joannet, que les vieilles filles ont un cœur racorni, durci comme le cuir... On se trompe.

Ce disant, elle coulait un œil tendre et langoureux vers le capitaine dont la moustache débonnaire s'ébouriffa soudain sous un coup de doigt.

— J'ai beaucoup souffert de mon isolement, reprit la sentimentale major. Je m'étais sacrifiée à ma mère. J'ai immolé mon cœur. Mais il est des jours où ce cœur revit... il ne veut pas mourir.

M. Geoffroy était intérieurement stupéfait de ce qu'il croyait comprendre. Il voulut couper court à un entretien qui devenait difficile.

— Chacun a sa croix à porter, fit-il en manière de conclusion.

Et il s'éloigna à grands pas, laissant Mlle Joannet consternée.

XVI

L'IDÉE d'un second mariage n'avait même jamais effleuré M. Geoffroy. Après une heureuse union de vingt années, père et grand-père, il ne songeait pas à reformer le foyer détruit par la mort. Résigné, chrétiennement philosophe, il acceptait la solitude que ses goûts peuplaient d'occupations variées. Un beau jardin tout rempli d'arbres, des lectures, des besognes manuelles destinées à embellir ou entretenir la vieille demeure, la surveillance d'une armée de poules, de lapins, de canards et de pigeons, la société de trois chats sédentaires et d'un chien familier, cet ensemble créait autour de lui de la vie et du mouvement, tout en donnant un but à ses agissements.

Quelques bonnes relations l'empêchaient de se sentir seul, de se « rouiller », comme il disait. Chaque jour, c'était une visite à faire ou à attendre. L'été, il recevait sa famille ; de temps en temps, il venait la voir.

Le temps passait ainsi. L'ancien officier aimait à répéter : « J'ai rempli ma tâche, moi ; je suis un retraité. » Au fond, il n'en croyait rien ; il lui semblait avoir encore d'infinis devoirs et d'impérieuses raisons de vivre.

Or, après qu'il eut entendu les propos inattendus de Mlle Joannet, soulignés par son attitude bizarre, il arriva ceci, d'assez invraisemblable, pensa-t-il tout de suite : M. Geoffroy entrevit la possibilité d'un second mariage. L'idée qu'il n'avait même pas eu à repousser, puisqu'elle n'existait point, s'implanta dans son esprit. Il la rejeta comme mauvaise, car on l'eût offensé en lui disant qu'elle le tentait.

Comme il n'aimait point Mme Dumont, il l'accusa tout bas d'être la première cause d'une telle pensée.

« Il est des femmes qui exhalent des parfums ; d'autres qui exhalent la vertu et d'autres enfin qui exhalent les mauvais sentiments qu'elles cachent. »

Mlle Joannet n'eût pas eu non plus à se réjouir des réflexions nouvelles que ses paroles avaient suggérées au capitaine, car celui-ci, subitement, ayant compris qu'elle voulait l'attirer, ressentait pour elle une sorte d'horreur.

Précisément, tandis qu'il songeait à tout cela, Claire Roland entra dans le bureau :

— Mlle Joannet vous serait reconnaissante, monsieur, de passer à son bureau.

Un peu d'étonnement se lut sur le visage du trésorier, à cette étrange requête.

Claire, allant au-devant de ce qu'il n'osait dire, expliqua :

— Elle ne peut quitter ; elle attend le docteur, et elle a besoin de vous parler tout de suite.

A la grande stupéfaction de l'infirmière, M. Geoffroy, toujours si réservé, lui demanda brusquement :

— Vous croyez, vraiment, que Mlle Joannet a besoin de moi ?

— Mais...

Claire demeurait interdite. Une gêne subite l'envahit. Elle se doutait, depuis quelque temps déjà, que le capitaine avait deviné le sentiment qu'elle éprouvait pour François Gilbert. Sa confiance allait, très sincère, vers l'ancien officier dont la physionomie respirait si bien la loyauté et la bonhomie. Elle eût voulu lui demander conseil, connaître son avis, lui faire dire ce qu'il pensait en l'espèce, ce qu'il pressentait, surtout, car elle appréciait fort son jugement.

M. Geoffroy, la voyant embarrassée, se mit à rire, de ce petit air entendu et taquin qu'il aimait à prendre avec les femmes.

— Là !... Vous avez rougi !... Gare à Mme Dumont !

— Ce n'est pas elle qui dirige mon service !

— Mais c'est elle qui dirige le vent de l'opinion !

— Je m'en moque, capitaine !

Claire avait pris comme un petit air de bataille.

— J'aime vous voir vous rebiffer ainsi, dit-il. Cela vous sied à merveille. Quel bon petit soldat vous auriez fait !

— Pas parce que je me rebiffe, je suppose !

— Non ; mais parce que vous êtes brave.

Une sorte de mélancolie subite voila les traits de Claire Roland. Cédant au besoin d'expansion qui agite ceux qui souffrent, elle fit un pas pour se rapprocher du capitaine.

— Je suis très ennuyée, dit-elle, je ne sais si je resterai au service de chirurgie.

M. Geoffroy sursauta ; il ne s'attendait pas à cette nouvelle.

— Que vous a-t-elle fait ? interrogea-t-il vivement.

— Elle me cherche de mauvaises querelles. Enfin, laissons cela. Que vais-je lui répondre ?

— Elle attend le docteur ? fit-il d'un air malicieux. Eh bien ! dites-lui que, moi, j'attends Mme Dumont !

Il se mit à rire. Tous les deux se comprenaient sans presque rien dire, et cette entente avait quelque chose de très amical, de très affectueusement cordial et franc.

— Mlle Joannet va être furieuse ! plaisanta Claire.

— Ça doit aller admirablement à son genre de beauté, répliqua sur le même ton le capitaine. Il est des femmes à qui le sourire ne sied pas, mais la colère semble leur expression naturelle.

Allez, je vous prie, mademoiselle, et, surtout, ne quittez pas l'hôpital !

— L'hôpital, non !... mais le service des blessés, peut-être.

Le capitaine, avec son bon sens d'homme tout rond, venait d'éventer le piège que lui tendait Mlle Joannet. La major, désirant vivement reprendre la conversation qu'elle avait dû forcément interrompre, précédemment, cherchait à se ménager des tête-à-tête avec le capitaine, ne doutant pas d'arriver à gagner sa sympathie et même à le séduire pour de bon.

Or, elle ignorait que M. Geoffroy, robuste, grand, large d'épaules, éprouvait pour les femmes « fortes » et grandes un véritable éloignement. La loi des contrastes l'attirait vers les faibles, les enfants, les vieillards, tous ceux qui ont besoin, comme il disait de façon imagée, « d'un coup de main ».

Il avait épousé une femme petite et frêle ; il ne donnait son attention qu'à celles qui avaient des traits délicats et distingués.

Mlle Joannet ne se doutait guère qu'il avait remarqué ses mains trop fortes, masculines, qu'il blâmait la longueur de son pied, et que le pavillon de son oreille, démesurément allongé, lui causait une réelle souffrance, lorsqu'il en apercevait le trop gros lobe, émergeant de la coiffe.

Quant à Mme Dumont, qui passait pour une belle femme et qui « posait pour le torse », affirmait le capitaine, celui-ci, tout en rendant justice à son visage où des yeux noirs ardents mettaient de la flamme, disait, en parlant d'elle :

— C'est curieux à constater : mais il est des beautés vilaines et des demi-laideurs agréables. Mme Dumont n'est point laide, mais elle est pire : elle est vulgaire.

Tandis que le capitaine agitait toutes ces pensées, si nouvelles pour lui qu'elles le surprenaient, Claire Roland, de son côté, se sentait agitée par d'inattendues inquiétudes.

Le seul fait d'avoir arrêté son esprit sur une idée troublante faisait que maintenant elle y revenait.

Son esprit clair se posait une question nette : « Alors, j'aime François Gilbert ? »

Et sa loyauté répondait : « Oui ».

Mais sa raison parlait bien vite et disait : « Tu as plus de trente ans, ce qui est, pour une femme, le commencement de la maturité. Lui, n'a que vingt-huit ans, ce qui est, pour un homme, la pleine jeunesse. L'homme doit être plus âgé sensiblement que sa femme. Renonce à tout espoir. »

Mais le cœur tendre protestait : « Est-ce que François ne m'aime pas aussi ? Il me semble, pourtant. Alors, pourquoi ne serions-nous pas heureux ? »

Et, sans coquetterie, mais avec satisfaction, Claire se disait encore : « J'ai trente ans, mais on m'en donne à peine vingt-cinq. »

<h2 style="text-align:center">XVII</h2>

UN froid glacial présidait, maintenant, aux rapports jusqu'alors corrects entre Mlle Joannet et Claire Roland. Celle-ci, très digne, appréciant qu'elle n'avait commis aucune faute contre la discipline ni manqué d'égards à son chef de service, avait pris une attitude dont elle avait décidé de ne plus se départir. Au courant du service, habile dans les pansements, elle ne pouvait n'adresser que peu de paroles à la major, et quand celle-ci lui donnait un ordre, elle l'exécutait sans mot dire.

Cette situation tendue pouvait cependant durer longtemps : les gens peu expansifs, réfléchis, sont capables de vivre près d'autres sans leur adresser d'autres mots que ceux indispensables.

Mais un jour vint où tout changea. Claire ne fit aucune association d'idées pour s'expliquer cette nouvelle manière d'être de Mlle Joannet. Sa seule sensibilité ressentait ; ensuite, elle souffrait, mais elle ne comprenait pas toujours ce qu'elle éprouvait. La major, au contraire, possédait cet esprit géométrique dont a parlé Pascal, et qui a, dit-il, « des vues lentes, dures et inflexibles. » Elle avait tout d'abord apprécié les qualités de Claire Roland ; tout doucement, à mesure qu'un nouveau sentiment s'éveillait en elle, la vieille fille s'était mise à détester son infirmière. Lentement, mais sûrement, l'animosité devenait de la haine, sentiment qui n'est pas spontané, qui se concrète peu à peu et devient dur, ferme, solide et définitif. L'amour passe, mais non la haine.

Alors, avec méthode dans la réflexion de son esprit géométrique aux vues lentes, dures et inflexibles, Mlle Joannet commença la sorte d'ostracisme dont elle s'apprêtait à frapper Claire Roland.

Un matin, à l'heure des pansements, la major frappa le premier coup.

Elle avait établi que ses infirmières devaient se tenir debout, à sa disposition, dans la salle de chirurgie où l'on introduisait deux ou trois blessés à la fois. Comme un chef qui passe ses hommes en revue et à qui rien n'échappe de leur tenue, Mlle Joannet commençait généralement par quelques observations formulées nettement, tout en marchant, sans s'arrêter :

— Mademoiselle Blanche, sortez les mains de vos poches.

De la blanche ligne des infirmières, le regard de la major allait aux tables, aux tablettes, aux cuvettes :

— Qui n'a pas remis ce bocal à sa place ?

— Qui a posé de travers la boîte aux compresses ?

Aucune voix ne répondait, ce qui permettait à Mlle Joannet de remarquer, chaque fois :

— Ce n'est personne, naturellement !

Ayant ainsi, par des reproches, affirmé son autorité, l'infirmière-major se mettait au travail.

— Mademoiselle X..., déroulez cette bande ; mademoiselle Y..., coupez ce pansement... Vous, apportez le « rognon » ; vous, préparez une cuvette... Flambez... De l'alcool... Des tampons...

Les ordres sortaient précis et brefs ; les infirmières virevoltaient agiles et silencieuses.

Or, ce matin-là, Claire Roland attendit vainement que Mlle Joannet lui donnât la besogne. Elle vit, non sans surprise, la major réclamer l'aide de jeunes filles encore inexpertes ou de nouvelles venues qu'on avait acceptées pour certaines raisons étrangères à l'utilité du service, et qui encombraient de leurs inutiles personnes tous les services de l'hôpital.

Tout d'abord, Claire voulut paraître ne pas comprendre, bien qu'elle se rendît compte du dessein de Mlle Joannet. Elle refoula le sentiment d'amour-propre blessé qui l'eût poussée à réclamer ; elle se domina pour ne pas quitter la salle de chirurgie. Débonnaire, voulant apporter dans son service cet esprit d'obéissance et de sacrifice qui est le véritable esprit militaire, elle s'empara des longues bandes déroulées autour des bras et des jambes et se mit à les rouler avec soin. C'était là une besogne de débutante, de nouvelle venue, non celle d'une infirmière déjà très adroite. Cependant, c'était trop encore pour Mlle Joannet qui avait le désir formel d'humilier Claire Roland en la forçant de rester seule inoccupée, au milieu des autres travaillant.

Tout en lavant une plaie, sur une jambe devant laquelle s'inclinait sa haute et forte cor-

pulence, la major avait l'œil partout. Elle cria presque, tant sa voix s'enfla soudain :

— Mademoiselle Roland, que faites-vous donc ?

Claire montra, sans répondre, le globe de la bande, déjà roulée aux deux tiers. La major fronça ses sourcils épais, qui, restés très noirs tandis que ses cheveux blanchissaient, donnaient à son visage une grande expression de dureté.

— Eh bien ! oui, je vois, fit-elle ; mais qui vous a chargée de cette besogne ?

Comprenant qu'on lui infligeait un affront devant ses collègues et, chose pire, devant les soldats de son service, Claire Roland, qui avait pâli, se tint silencieuse, soutenant le regard impérieux de la major, qui continuait d'un ton de colère injustifiée pour une affaire aussi minime :

— Vous savez bien que je défends qu'on fasse ainsi n'importe quoi à la diable, sans mon autorisation. Vous devez attendre mes ordres...

— Pas pour sortir, répliqua Claire d'une voix vibrante, tandis qu'elle jetait à terre, dans un geste nerveux, la bande qui se déroula en tombant à ses pieds.

Droite et blanche, elle gagna la porte, au milieu de la surprise émue des autres infirmières qui, toutes, avaient pour elle de la sympathie et de grands égards acquis par les talents professionnels qu'elle montrait dans le service.

D'un pas ferme, Claire descendit le grand escalier inondé de lumière. Tout de suite, elle avait pensé que François Gilbert, par bonheur, n'était pas présent à l'affront qu'elle avait reçu.

Quand même, cet affront était cuisant. Claire Roland sentait la brûlure lui monter aux joues. Qui prendrait sa défense et la vengerait, en quelque sorte ? Persistante, tenace, sa pensée allait vers le lieutenant Gilbert, qui lui témoignait toujours tant de sympathie, devenue presque affectueuse. Elle fut tentée de lui raconter la scène qu'elle venait de subir, d'aller vers lui comme on va vers un défenseur. Même, elle s'arrêta dans l'escalier, faisant le mouvement de rebrousser chemin pour remonter.

Mais qu'allait-elle faire ? D'abord, le lieutenant ne pouvait rien. Blessé hospitalisé, soumis à la discipline de la maison, il n'avait à prendre le parti de personne. Ensuite, comment lui confier sa peine sans lui laisser deviner qu'on pensait trop à lui ? Enfin, comment risquer qu'il ne la suivît pas sur ce terrain, malgré sa sympathie ? Savait-elle si cette sympathie sortait d'une douce banalité et ne se déroberait pas ? Devait-elle aller au-devant de cette douleur : voir de ses yeux, constater de l'indifférence là où l'on croyait trouver un appui sincère ?

« Je suis folle, vraiment ! Ce lieutenant, c'est presque un inconnu pour moi. »

Elle descendit plus lentement. Elle oubliait Mlle Joannet et ses inqualifiables procédés. Une pensée double l'agitait. En haut, dans la petite salle numéro quatre, un jeune homme, plus jeune qu'elle, hélas ! retenait son attention émue. En bas, dans le bureau du trésorier-comptable, un homme mûr, bien plus âgé qu'elle, lui témoignait une sorte d'affection mi-paternelle, mi-tendre. Nul doute que ce dernier fût le plus sincère, le plus prêt à la servir.

Claire Roland se dirigea vers le bureau de M. Geoffroy. En y pénétrant, elle vit tout de suite l'honnête et bon visage rayonner de plaisir. Depuis quelque temps, elle avait remarqué cela, cette sorte d'illumination de cette franche physionomie, expression d'autant plus remarquable que l'ancien officier, à l'ordinaire, avait le visage plutôt un peu morne.

— Mademoiselle Roland ! à quoi dois-je l'honneur de votre visite ?

La voix était joyeuse, son timbre plus clair ;

la phrase sortait vivement, avec une sorte de gaîté.

A son ordinaire, M. Geoffroy parlait de manière sourde, comme voilée. Ce changement était donc bien remarquable.

Cette réception fut douce au cœur de Claire Roland. Sa nature aimante souffrait, depuis quelque temps, de cette froideur hostile dont elle se sentait entourée. Elle ne pouvait vivre vraiment que dans une atmosphère de tendre confiance ; là seulement, elle s'épanouissait.

— Voilà ce qui m'arrive, répondit-elle. Mlle Joannet me force à quitter son service.

En quelques mots, elle mettait M. Geoffroy au courant.

les prunelles violettes étaient sombres et éteintes comme les toits d'ardoises, par un jour d'hiver.

— C'est vrai, murmura-t-il, toutes vos sympathies dans l'hôpital sont là-haut.

— Pas toutes, capitaine, vous le savez bien.

— Oh !... de la sympathie, c'est bien vague ! On l'a définie : une indifférence cordiale, vous savez !

— On a eu tort : la sympathie est le chemin le plus ordinaire de l'amitié.

M. Geoffroy retint une phrase qui allait lui sortir des lèvres. Puis, d'un ton pénétrant, qui émut Claire Roland, tant il semblait contenir de regrets et de mélancolie, il déclara :

— Je devrais vous remercier de me donner

— Son service et l'hôpital, sans doute. J'écrirai au Comité central pour motiver mon départ.

Le bon visage de l'ancien officier s'attrista sincèrement. Puis, une expression énergique passa dans son regard qui, soudain, se fit volontaire.

— Vous ne partirez pas, fit-il simplement. La petite salle qu'on préparait pour les grands malades est à peu près installée. Nous vous prierons d'en être la surveillante.

— Mme Dumont s'y opposera.

— Non. Elle cherche à m'être agréable. Et puis, cela n'est pas de son secteur. Elle n'a pas à s'en mêler.

Les nerfs de Claire se détendaient ; presque, elle eût pleuré, surtout maintenant qu'elle rencontrait l'affectueuse sympathie de l'excellent M. Geoffroy.

— Alors, capitaine, je resterai, si je puis être utile. Mais il m'en coûte de quitter le service des blessés.

— Les malades vous intéresseront, vous verrez. On s'y attache encore plus qu'aux blessés. Ils sont ainsi que des enfants, dans les mains de l'infirmière.

— J'avais des habitudes, là-haut... Et puis quelques bonnes sympathies.

Le visage de M. Geoffroy se rembrunit, et, en même temps, il parut soudain tout rajeuni. Son regard rappelait à Claire celui du lieutenant Gilbert lorsque la tristesse l'embrumait et que

votre sympathie, au lieu de me permettre de trouver mauvais que d'autres reçoivent un peu plus.

Puis, très vite, et pour changer de sujet :

— Alors, n'est-ce pas ? C'est entendu ; vous acceptez dès maintenant la surveillance de la nouvelle salle, la salle numéro six ?

— J'accepte. Sinon, il me faudrait quitter cet hôpital. Peut-être me rendrais-je utile ailleurs, mais mieux vaut que je reste ici.

— Vous savez, continua le capitaine, que vous aurez surtout des typhiques.

— Le soldat sait qu'il peut mourir ; l'infirmière est une sorte de soldat.

— Je ne doutais pas de vous, mademoiselle Roland. Vous serez plus tranquille. On vous donnera deux infirmières pour vous aider, et nous tâcherons de les choisir aimables.

Il lui tendit la main en disant d'un air humble et timide :

— Vous savez que vous avez en moi un ami, si vous le permettez, toutefois.

— Je vous en remercie sincèrement, capitaine.

Quand elle fut partie, M. Geoffroy demeura songeur. Il discernait sans peine le chagrin que Claire éprouvait de s'éloigner du service des blessés. « Tout cela, à cause de ce petit lieutenant. »

La pensée que François, s'il aimait Claire

Roland, ne pouvait cependant faire son bonheur, agita péniblement le capitaine.

XVIII

La salle VI avait été inaugurée sans faste : on y avait installé huit fiévreux faisant partie du dernier convoi de malades, et Claire Roland, aidée de deux infirmières, avait tout de suite commencé à remplir sa besogne de surveillante.

Ce rôle ne consistait pas à regarder travailler les autres et à les morigéner s'ils n'agissaient pas de bonne façon. Claire gardait pour elle les grandes corvées, les soins importants et délicats, aussi les plus pénibles et les plus répugnantes tâches. Tout de suite, elle fut une mère pour ses malades, pour ceux-là mêmes qui atteignaient un âge déjà respectable : territoriaux s'acheminant vers la cinquantaine. Elle eut très vite leur confiance ; plus qu'à Mlle Kogan, qui les impressionnait un peu, et plus qu'au médecin, dont ils se défiaient sans l'avouer, ils confiaient à l'infirmière les petits secrets de leurs misères et de leurs désirs.

N'eût été la portion de son cœur qu'elle avait laissée là-haut, Claire Roland se fût trouvée très satisfaite de ses nouvelles fonctions qui la laissaient libre. Naturellement, elle dépendait de Mme Dumont ; mais entre celle-ci et elle-même, Claire sentait la présence du capitaine qui lui avait promis :

— Mme Dumont n'osera jamais vous créer de difficultés. Fiez-vous-en à ma parole.

Claire n'avait pas demandé d'explications ; elle ne s'était même point interrogée elle-même sur la manière dont s'y prendrait l'excellent capitaine pour empêcher la vaniteuse et autoritaire Mme Dumont de manifester ses habituels défauts.

Mais M. Geoffroy, lui, savait bien de quelle manière et pourquoi il ferait, comme on dit très vulgairement mais justement, « tout ce qu'il voudrait ».

Mme Dumont passait pour adroite et habile. Il y avait du vrai dans ce jugement, puisqu'elle savait, lorsqu'elle rencontrait une difficulté, la contourner au lieu de l'affronter brutalement comme l'eût fait Mlle Joannet. Mme Dumont n'avait pas l'esprit géométrique aux vues lentes, dures et inflexibles, dont parle Pascal et qui était tout le caractère de l'infirmière-major ; mais, au contraire, un esprit rampant et souple, en zigzag, pourrait-on dire, aux parois molles contre lesquelles rien ne se brisait.

— C'est un mur de vaseline, disait en riant le capitaine. On ne s'y fait aucun mal en s'y heurtant. Gare, cependant ! on peut s'y enliser et mourir tout de même pour être tombé dans sa masse grasse et douce.

Claire Roland avait décidé en elle-même qu'elle ne monterait plus jamais dans les salles du service de chirurgie. Elle ne voulait pas demander cette faveur à Mlle Joannet, qui, peut-être, la lui eût accordée aux seules fins de se donner le beau rôle.

Mais Claire se sentait le cœur bien lourd. A son air mélancolique naturellement avait succédé une grande tristesse.

Aimait-elle vraiment François Gilbert ? Comment se renseigner soi-même ? Tant que deux êtres ne se sont rien dit, rien promis, rien donné, on peut affirmer qu'ils ignorent jusqu'à quel point exact leur cœur est engagé.

Maintenant, Claire Roland était à l'affût d'une rencontre possible avec Blanche Carly. Aux heures des repas, les infirmières se croisaient dans la cuisine, chacune venant y attendre et y prendre la nourriture des hommes qui ne descendaient pas au réfectoire.

Il y avait aussi le vestiaire, où l'on se rencontrait à l'arrivée ou au départ, dans le remue-ménage des blouses enlevées ou remises, des manteaux qu'on dépouillait à la hâte, et de l'aimable bousculade vers l'unique petite glace, au moment d'ajuster les coiffes.

C'est là qu'un soir, en s'apprêtant à quitter l'hôpital, Claire Roland se trouva en face de Blanche Carly.

— Quel chagrin de ne plus vous avoir là-haut ! s'écria tout de suite la jeune fille. Celle qui vous remplace est si différente de vous : hautaine, prétentieuse.

— On se fait à tout, ma petite Blanche ; vous vous habituerez.

— Jamais ! Et je ne suis pas la seule à déplorer votre départ.

Claire Roland rougit. Elle savait bien que Blanche, toute attirée vers François Gilbert, n'avait cependant pas de jalousie, d'idée basse de rivalité.

— Sortons ensemble, dit l'aînée. Nous allons du même côté.

Dehors, elles marchaient lentement. La soirée d'hiver était brumeuse et froide, mais, après la longue journée de claustration, c'était comme un bien-être immense que de respirer cet air sinon pur, du moins frais.

Claire, surtout, en ressentait intensément le besoin. Depuis plusieurs mois, elle passait toutes ses journées à l'hôpital, mais dans les salles de blessés, vastes, claires, largement ouvertes sur des jardins, le séjour était encore supportable. Tout autre était le bâtiment triste où l'on avait installé la salle VI. Isolée dans une cour fermée de pignons hauts, cette salle, établie à la hâte, avait gardé de sombres peintures qui l'assombrissaient encore. En rez-de-chaussée sur cette cour, elle ne recevait que chichement le soleil d'hiver. Remplie de grands malades, tous couchés et dormant fréquemment, elle ne présentait pas cette animation, cette gaîté des salles de blessés à quoi l'infirmière avait été habituée.

Dehors, les deux jeunes filles se mirent à causer. Elles pensaient au même objet, ce qui fit qu'elles n'en parlèrent point tout d'abord, chacune ne pouvant se décider à prononcer un certain nom.

— Et vos malades ? demandait Blanche.

— Deux toujours très pris. Un dysentérique gravement atteint ; les médecins n'osent se prononcer. Le pauvre garçon avait gardé ce mal pendant deux mois, dans les tranchées. C'est devenu un cas tout à fait extraordinaire : une dysenterie bacillaire qui présente même des dangers de contagion.

Blanche eut l'air effaré :

— Vous ne craignez pas ?...

— Non. Et puis, les soldats au feu ont quelquefois peur, mais ils restent tout de même. Si je craignais, je ne m'en irais pas pour cela.

La jeune fille avoua ingénument :

— Moi, je ne pourrais pas. Je regarde bien les plaies, mais je ne voudrais pour rien au monde soigner des contagieux.

Indulgente, Claire sourit :

— Oui, les plaies, c'est bien vilain, mais ça ne s'attrape pas, comme on dit.

Elles parlèrent des petites histoires de l'hôpital.

— Mme Navelier est partie dès qu'elle a su qu'il y avait des typhiques, Mme Hardouin aussi. Elles ont prétexté leurs enfants.

— Les enfants servent beaucoup aux mères pour satisfaire les caprices qu'elles éprouvent, dit Claire en riant.

Puis, elles se turent. Mais comme elles approchaient de l'endroit où elles devraient se quitter, Claire Roland, tout à coup, demanda :

— Et vos blessés ? Ceux qui étaient là de mon

temps ! D'ailleurs, ils sont tous encore là, je crois... Il n'y a pas eu de départ.

— Aucun, ils sont toujours les mêmes.

Elle se mit à énumérer : l'amputé du bras était toujours le boute-en-train de la salle ; le grand Tessier, un solide paysan des Vosges, qui ne pouvait se tenir debout sans le secours de deux béquilles, continuait à dissiper tous ses camarades, et on devait parfois le gronder sérieusement. Par contre, « celui de l'entorse », qui n'avait eu qu'un bobo insignifiant auprès des autres, était toujours aussi geignard, se plaignant de tout, ne riant jamais.

— Les plus atteints sont les plus gais. Les amputés sont d'une gaîté folle. Est-ce que le grand qui n'a plus qu'une jambe ne s'imagine pas de donner aux autres des leçons de danse ?

Elles rirent, habituées à ces exagérations qui, les premières fois, les bouleversaient et leur tiraient des larmes.

Enfin Claire formula une question, celle qu'elle voulait poser depuis que Blanche Carly marchait à son côté, celle pour laquelle toutes les deux étaient sorties ensemble, celle que Blanche attendait, espérait et redoutait tout à la fois.

— Et dans la salle IV ?

Des passants séparèrent un instant les deux infirmières. Elles se rejoignirent vite, et Blanche murmura d'une voix gênée.

— La salle IV n'a pas changé. Les blessés ne se guérissent pas très vite.

Un silence. Ayant suivi, Blanche Carly passa amoureusement la main sous le bras de Claire. Des larmes, que la nuit rendait discrètes, coulaient des tendres yeux de myosotis. Et tout à coup, n'y pouvant plus tenir, la jeune fille éclata en pleurs, qui troublèrent son émoi.

— Qu'avez-vous ? fit Claire, en s'arrêtant une seconde.

Blanche Carly, à mots entrecoupés, avoua son chagrin.

— Vous m'avez devinée depuis longtemps, disait-elle péniblement. Vous savez bien que... que je pense trop à... enfin que je l'aime !

Elle n'avait nommé personne ; mais Claire avait compris.

Blanche était soulagée, maintenant, d'avoir crié son secret. La nuit mystérieuse, qui invite aux confidences, avait aidé et facilité son aveu. Et c'était une oreille amie et sûre que celle de Claire Roland, devenue confidente de cette âme d'enfant amoureuse, ignorante, candide, prête au désespoir violent que seul parfois l'oubli rapide, mais qui tord si cruellement les jeunes cœurs naïfs.

— Voilà, continuait-elle, cela m'étouffait ; je ne puis le confier à personne. Alors, je suis contente que vous le sachiez. Au moins, je pourrai en parler à quelqu'un...

Claire Roland l'assura de son affection.

— Je ne vous ai pas tout dit, reprit Blanche Carly. Je suis très, très malheureuse !

— Espérez, ma petite. Peut-être votre charmant visage et votre gentil cœur toucheront-ils la personne en question. Mais laissez appel à la raison, car, entre nous, il y a beaucoup de chances pour que cette personne place ses affections en dehors de l'hôpital.

— C'est ça qui vous trompe, Claire, et c'est ce qui me désole. Il aime quelqu'un ici, et ce n'est pas moi.

— Serait-ce Mlle Joannet, ou Mlle Rogan, plus âgée, dont la forte culture scientifique doit pas étonner un jeune homme d'aujourd'hui, tout épris de sciences et d'idéal tangible ?

Elle essayait de rire, espérant paraître indifférente, et partagée entre le désir de clore ces confidences et celui de le continuer, pour apprendre peut-être quelque chose.

— Vous plaisantez, dit tristement Blanche Carly ; mais vous savez bien de qui je veux parler.

— Si je le savais, mon petit, je ne vous le dirais pas, par discrétion.

— Puisque je le sais moi-même.

— Vous vous trompez sans doute.

— Non, je suis certaine.

Claire Roland sentait son cœur battre éperdument. A mesure que parlait Blanche Carly, l'infirmière voyait nettement se préciser en elle une certitude. Ce qu'elle voulait se cacher à elle même devenait impérieusement lumineux. On a beau fermer les yeux, quand on n'est point aveugle, on perçoit la présence des rayons du soleil.

D'un ton brusque, Claire riposta :

— Vous êtes sûre ?... En voilà une prétention !

— Il me l'a dit, fit Blanche Carly d'une voix si éplorée que Claire en fut touchée jusqu'au plus profond de son cœur compatissant.

Alors, courageuse, forte, elle se mit à dire :

— Il a eu tort. Il a trahi un secret qui compromet une autre personne. Et puis, vous êtes trop jeune pour recevoir de telles confidences. Enfin, puisqu'il a commis cette indiscrétion, je n'ai plus qu'à vous dire une chose : j'ai très bien compris de qui il est question. Mais je connais cette personne ; elle ne saurait penser à ces choses-là. Consolez-vous, Blanche, ne pleurez plus ; vous n'avez à l'hôpital aucune rivale.

XIX

Jusqu'à ce jour, Claire Roland avait hésité sur la nature des sentiments qu'elle ressentait pour le lieutenant Gilbert. Maintenant, elle savait : la certitude avait remplacé cette indécision qui la troublait.

Elle aimait ce jeune homme dont elle était l'aînée ; cela lui parut, tout de suite, une raison impérieuse de renoncer à lui.

La différence de leurs âges n'était pas grande, mais c'était trop encore, dès qu'il s'agissait d'un être de volonté comme François. Il n'accepterait pas d'être guidé, alors que, fatalement, Claire se ferait son guide malgré elle, peut-être même sans le savoir.

D'ailleurs, c'était bien simple : si elle aimait le lieutenant, lui, certainement, ne songeait point à elle. Les paroles de Blanche Carly n'avaient aucune signification précise, Claire les expliquait ainsi : la jeune fille, très alarmée au sujet de son amour, inquiète de ne pas avoir encore connu si François la devait de retour, avait interprété les paroles du jeune homme concernant Claire Roland. Au lieu d'y voir le simple regret qu'il avait dû exprimer au sujet du départ de l'infirmière, elle s'était complue à se torturer soi-même en concluant que le lieutenant aimait Claire Roland et n'aimait qu'elle.

Claire était foncièrement modeste, et cette rare disposition naturelle la faisait facilement douter d'elle. Mais elle était forte aussi comme elle se promit de tout mettre en œuvre pour extirper de son cœur un sentiment qui menaçait d'y devenir tyrannique.

Des occupations absorbantes la réclamaient. Sa petite salle était remplie de malades sérieux qui demandaient sa vigilante attention. N'eût été ce qu'elle avait laissé d'elle-même dans le service de chirurgie, elle n'eût pas regretté de l'avoir quitté. Elle s'attachait aux malades plus encore qu'aux blessés, parce qu'ils ont besoin, à toute heure, de soins et d'aide. Elle comprenait tout à fait par quels liens l'enfant est plus à sa mère qu'au père, parce que c'est la mère qui dorlote ses maux, calme ses souffrances et augmente sa joie de vivre, par les gâteries qu'elle lui prodigue.

L'inquiétude même que ses malades lui donnaient servait à les lui rendre plus chers. Il arrivait que, certains soirs, ayant laissé à l'infirmière de nuit toutes les instructions nécessaires, Claire, prise de tourment, revenait à l'hôpital avant de gagner sa chambre. Elle quittait sa maison chaude et s'engouffrait dans la nuit d'hiver, malgré la tempête ou la gelée, pour se rendre où ? Près d'un pauvre homme bien humble, obscur soldat comme il était obscur citoyen « dans le civil », paysan ne sachant pas lire, ouvrier aux mains incurvées par les rudes labeurs, mais dont l'infirmière avait la responsabilité, dont la vie lui devenait précieuse, pour cette seule raison qu'elle lui était confiée.

Claire comprenait aussi quels peuvent être les troubles profonds agitant la conscience d'un médecin qui ne la laisse pas se rouiller dans la routine quotidienne. Elle comprenait les nuits sans sommeil, à cause d'un malade qui « ne va pas », sur qui l'on a essayé toute la science ou, — ce qui est pire, — sur qui l'on a expérimenté un de ces remèdes, armes à deux tranchants, dont on attend en tremblant.

Le capitaine vit tout de suite que Claire Roland mettait trop d'elle-même dans sa tâche nouvelle.

— Vous n'y résisterez pas, vous tomberez de fatigue.

M. Geoffroy admirait de plus en plus le caractère de Claire Roland. Il l'observait, apprenait à la connaître. C'était un enchantement pour lui, que d'avoir enfin rencontré ce qu'il appelait une « belle nature de femme ».

Il était obligé de s'avouer que l'épouse qu'il pleurait n'avait pas les qualités de Claire Roland. Mme Geoffroy était ce qu'on appelle « une femme d'intérieur accomplie », qualificatif qui n'implique pas toutes les qualités du caractère. Elle était facilement tracassière, naturellement autoritaire et, parfois, cruellement injuste. Avec tout cela, ils avaient fait un excellent ménage, M. Geoffroy et elle, et le veuf regrettait sincèrement les scènes qu'il avait subies, les querelles qu'il avait essuyées, les mêlant aux joies douces de l'intérieur, que sa femme gouvernait avec maîtrise.

Maintenant, son isolement lui pesait, et, lorsqu'il avait causé avec Claire Roland, il rentrait un peu plus triste chez sa fille.

Un jour, celle-ci, qui connaissait bien son père et le comprenait lumineusement, parce qu'elle lui ressemblait, lui parla tout doucement, au cours d'une de ces conversations familiales, faites de confiance et d'intimité, de la possibilité, pour lui, d'un remariage. Elle avait tendrement chéri sa mère ; elle eût souffert de certaines unions mal assorties qui eussent introduit une étrangère au foyer brisé ; mais elle savait que son père ne se mésallierait pas ; elle s'en fiait à lui, et, voulant, sinon qu'il fût heureux, du moins qu'il eût une vie douce et heureuse, elle lui suggérait l'idée de recréer son intérieur.

Or, lorsque sa fille avait abordé ce sujet pour la première fois, M. Geoffroy avait repoussé jusqu'à la seule pensée d'un remariage.

Cette fois, il laissa la jeune femme parler. Il ne se défendit plus.

Il pensait à Claire Roland.

Quand il la revit, cet après-midi-là, elle était dans l'affairement d'une arrivée de malades. Trois lits étaient libres dans sa petite salle, et on les préparait pour les nouveaux.

Ceux-ci, dans la salle des entrants, avaient été dévêtus, munis du trousseau de l'hôpital, et leurs effets, leurs musettes, étaient soigneusement inventoriés, étiquetés.

Claire regardait ces humbles objets contenus dans les poches. Il y avait de tout, comme dans les poches des enfants : de la ficelle et des croûtes de pain, des vieux bouchons et des papiers roulés. Mais à la place des billes, il y avait des balles, des balles ayant servi, ramassées après qu'elles avaient accompli leur œuvre de destruction, des « balles boches », disaient les hommes.

Claire Roland considérait ces vieilles hardes devenues sacrées : pantalons déchirés d'un coup de baïonnette, capotes trouées, déchiquetées par un éclat d'obus, képis déformés, aplatis, criblés de balles. Elle voyait sortir des poches les gros porte-monnaies déteints, gonflés de sous, les calepins cabossés, les portefeuilles bourrés de papiers crasseux, de lettres reçues « au front », et de photographies, tout cela formant le lien entre le soldat et les êtres chers laissés au loin. Certaines poches, — plus qu'on l'eût supposé, — contenaient un chapelet, des médailles...

Humbles choses grises, enfermées dans les poches noircies, vulgaires objets devenus un trésor : le couteau, les allumettes, le tabac... Claire maniait tout cela, si pauvre, avec une vénération émue. Il fallait y apporter une grande précaution, car plus d'une pièce de lingerie recélait de terribles et infiniment petits animaux. Claire Roland avait eu cette corvée de les détruire sur la bonne tête de plus d'un brave, besogne héroïque, qu'elle accomplissait comme les autres, le sourire aux lèvres.

— Mademoiselle Roland ! Voyez donc !

C'était la voix joyeuse du capitaine Geoffroy qui appelait. Le capitaine avait toujours la voix gaie, depuis quelque temps. Les dames de la lingerie affirmaient qu'il rajeunissait à vue d'œil.

Claire regarda. Une infirmière venait de tirer d'une musette tout un déguisement grotesque. Le soldat à qui appartenait cette défroque de théâtre, expliquait son cas d'une voix emphatique d'acteur.

— Dans les tranchées, je leur jouais la comédie. Etant artiste de profession, je faisais répéter les rôles et je les distribuais en double, parce que, n'est-ce pas, il peut arriver un accident au dernier moment.

Cette vaillance de belle humeur réconfortait tout le monde. Comment ne pas espérer ? Comment douter du succès ?

— Mademoiselle Roland, vous ne riez pas ?

— Non, capitaine ! je n'en ai pas envie.

— Tout le monde est donc triste, ici, maintenant ?

— Qui voyez-vous de si triste, capitaine ? Ces dames rient beaucoup, au contraire.

Claire avait dit cela à mi-voix, offusquée qu'elle était, souvent, des éclats bruyants de gaîté chez des femmes à qui leur âge, tout au moins, eût dû donner plus de mesure.

M. Geoffroy répondit sur le même ton :

— Il y a des personnes qui pleurent...

— Vrai ?...

— Qui pleurent votre départ de là-haut.

Claire rougit violemment :

— Il y a Blanche Carly, fit-elle : la pauvre petite m'est très attachée. Elle ne me quittait guère.

— Il y a Mlle Carly, en effet ; mais il y a aussi Mlle Joannet.

— Elle ! se récria Claire presque gaîment ; elle ne pleure pas mon départ, je suppose.

Le capitaine s'amusait ; il était taquin et se divertissait fort quand il constatait que, comme on dit familièrement, « ça prenait. »

Il expliqua, tandis que sa moustache encore blonde frémissait de malice :

— Mlle Joannet pleure peut-être, sinon votre départ, du moins à cause de ce départ. Et puis, ça, c'est le compartiment des dames seules... Il y a le côté masculin...

Claire ne demandant rien, il compléta :

— Le côté militaire...

De nouveau, l'infirmière rougit.

— Je ne vois plus aucun blessé, aucun de ceux que j'ai soignés. Ils ne peuvent encore descendre, sans doute, et moi, je ne monte plus.

— C'est pour cela qu'on vous pleure.

— On a tort.

Le capitaine la regarda ; il avait une façon bien à lui, toute droite et un peu brusque, de poser son regard sur un visage. Mais en remarquant l'émoi que trahissait celui de Claire Roland, l'ancien officier s'attrista soudain :

— On n'a pas tort, fit-il sourdement, puisque, cette tristesse, vous la partagez.

— Vous êtes dans l'erreur, capitaine !

Elle ne pouvait s'éloigner, retenue là par sa besogne ; mais elle prit une attitude et une physionomie qui disaient bien haut son désir de clore l'entretien.

M. Geoffroy s'inclina, mi-respectueux, mi-railleur :

— Je vous fais toutes mes excuses, mademoiselle, dit-il avec un ton cérémonieux. Mais c'est curieux : à l'ordinaire, je ne me trompe guère sur ce chapitre.

<h2 style="text-align:center">XX</h2>

Depuis qu'elle avait quitté le service des blessés, Claire Roland n'avait pas revu François Gilbert. L'hiver traînait en longueur et ne favorisait guère les petites promenades des blessés dans la cour de l'hôpital. Long hiver d'une longue guerre, dont les heures lourdes pesaient si fort sur les cœurs, il semblait ne devoir finir pas plus que l'éternel communiqué quotidien, si attendu et si décevant : « Sur le reste du front, rien à signaler. »

Claire s'était juré de ne plus remonter à la chirurgie. Des départs de blessés s'étaient effectués, des rentrées s'étaient faites. Elle savait que François était toujours là. Elle tremblait qu'on l'évacuât un jour prochain. Par Blanche Carly, par Mlle Kogan, elle était au courant de l'état du blessé : le bras gardait encore de l'ankylose, mais la plaie était cicatrisée.

— Rien que d'ordinaire, rien d'intéressant, déclarait l'interne, qui planait au-dessus des contingences et n'eût jamais admis cette énormité : une infirmière aimant un de ses malades.

Bien qu'elle redoutât de voir partir François Gilbert, Claire Roland était fermement résolue à ne pas essayer de le revoir. Une rencontre avec lui ne serait que l'effet du hasard.

Car, puisqu'on lui affirmait que le lieutenant pensait à elle, c'était une raison de plus pour s'éloigner de lui. Plus elle réfléchissait, et plus elle trouvait que c'eût été une folie de sa part que favoriser les sentiments du jeune homme. Rien d'heureux ne pouvait sortir pour eux d'un mariage qu'elle considérait comme mal assorti.

C'est que Claire Roland se sentait sinon vieille, du moins très mûre, alors que François lui apparaissait comme un grand enfant. Mais cet enfant semblait bien avoir une volonté terrible, qui serait en antagonisme avec la volonté adverse. Il avait des idées, des opinions peu harmonisées avec celles de Claire. Des conflits naîtraient, que l'amour adoucirait certainement pendant quelque temps, mais dont il serait vite impuissant à amortir les chocs.

Et puis, ce jeune homme, bientôt, s'apercevrait que sa femme se trouvait beaucoup plus âgée que lui, non peut-être à cause de ces quelques années qu'elle avait en plus, mais surtout à cause de cette maturité qu'elle possédait, si accentuée

déjà et qui allait s'affirmer de jour en jour. Il ne lui plairait pas de subir cette autorité, toute maternelle qu'elle fût. Claire Roland pressentait l'avenir qui eût été le leur.

Elle aurait le courage de résister au charme, de repousser la tentation du bonheur fragile qui la pressait.

Pourtant, elle ressentait, elle aussi, l'impérieux désir d'une vie bien à elle, d'un foyer dont elle serait l'âme. Il arrive un jour où le nid bâti pour lui par ses parents ne suffit plus à l'oisillon dont les ailes ont poussé. Si doux qu'en soit le duvet, l'enfant a le besoin d'un nid fait par lui, dont il jouira moins, sans doute, et où l'attendent bien des larmes, mais qui sera son œuvre, où il aura mis lui-même de son cœur et de son sang.

Jusqu'ici, Claire Roland n'avait point souffert d'être devenue ce qu'on nomme en riant un peu « une vieille fille ». L'idée du célibat, non du célibat égoïste et maniaque, mais, tout au contraire, celle d'une vie consacrée aux autres, embellie de piété et d'intelligentes distractions, loin de l'effrayer, l'attirait.

C'est, peut-être, parce qu'elle n'avait jamais aimé.

Aujourd'hui, elle changeait d'avis, et cela, si vite, si complètement, qu'elle s'en effrayait après s'en être étonnée.

Si elle n'épousait pas le lieutenant Gilbert, — et elle croyait bien s'y être résignée, — ne se marierait-elle jamais ?

Elle n'osait répondre non. Elle ne pouvait plus affirmer.

En même temps, une autre image que celle de François s'interposait entre elle et son avenir. L'abstraction est difficile à un esprit qui aime la vie ; il faut, pour s'y complaire, planer dans les sphères idéales où rien n'est tangible, et savoir comprendre sans l'aide de choses existantes, bases et modèles de comparaison. C'est pourquoi les êtres simples donnent à Dieu une figure humaine ; c'est pourquoi, lorsqu'on nous parle d'une action de bravoure, d'une grande découverte scientifique, nous voyons, positivement, les héros de ces faits et les circonstances où ils se produisent. Nos esprits infirmes ont besoin de s'appuyer sur des précisions.

Quelle jeune fille, en pensant à son avenir, n'a pas entrevu le profil du mari rêvé ? Suivant ses goûts, elle l'évoque brun ou blond, doux ou énergique ; elle en fait par avance un esclave ou un maître. Mais dès qu'elle a fixé, sinon son choix définitif, du moins une préférence, elle donne un visage à son rêve.

Claire Roland, songeant à son avenir dont elle écartait François Gilbert, voyait, en ce moment, une autre figure : celle toute loyale et si bonne, si tendre et si fière à la fois du capitaine Geoffroy.

Elle repoussa l'idée, non comme importune. A son âge, Claire ne songeait plus qu'à une vie de calme affection, et la maturité de l'excellent M. Geoffroy était attirante pour sa maturité commençante.

Mais elle souffrait d'éliminer celui qui, peut-être, l'aimait.

L'aimait-il ? Et s'il l'aimait, était-ce une raison pour commettre la folie de l'épouser ?

En cet instant de sombre après-midi de janvier, Claire Roland, l'âme alourdie, se dirigea vers la chapelle. Souvent, dans un instant de repos, elle s'y rendait, lorsqu'elle était au service de chirurgie. Mais alors, il lui suffisait de traverser une salle, de franchir un palier, et tout de suite elle se trouvait devant la porte.

Maintenant, il lui fallait un peu plus de temps, elle devait profiter d'un moment où ses malades ne réclamaient nul soin et où son infirmière pouvait la remplacer.

Elle entra dans la chapelle. Un peu de clarté

grise pénétrait par les vitraux. La petite lampe du sanctuaire piquait un point rouge dans l'obscurité du chœur.

Claire se mit à prier. En toute circonstance, elle s'en remettait au Seigneur et lui disait seulement les paroles sublimes du *Pater* : « Que votre volonté soit faite. » Elle ne formulait point de demandes, n'exprimait pas de désirs.

Le silence était profond, religieux, contrastant de manière impressionnante avec la ruche travailleuse au milieu de laquelle s'isolait cet oasis de prière. A quelques pas, les blanches abeilles se pressaient à leur besogne de charité ; à quelques pas, des hommes souffraient ; à quelques pas, dans la salle de chirurgie, c'était l'odeur âcre et piquante des pansements défaits ; ici, un vague relent de fleurs et d'encens pénétrait le cœur d'une molle tendresse.

A quelques pas, c'était François Gilbert, dans la salle IV, toute proche. Il était là, assis près de son lit, ou bien étendu pour se reposer.

Il était toujours là et elle ne le voyait plus jamais.

Que la vie est dure, parfois, et combien longue cette guerre horrible qui mettait toute l'Europe à feu et à sang !

« Mon Dieu ! prenez en pitié votre peuple de France, peuple ingrat et pécheur, mais si naturellement croyant, malgré qu'on en dise ! »

Le capitaine était pieux ; François Gilbert était incroyant.

« Mon Dieu ! faites qu'une France nouvelle naisse du sang de ses héros ! Donnez la foi à ceux qui ne l'ont pas ! »

A quelques mètres, dans la salle IV, le lieutenant Gilbert laissait errer sur le ciel, au delà des grandes baies, le regard dur de ses yeux couleur d'ardoise. Claire le voyait par la pensée. On le sentait mécontent, aigri.

Et cette femme qu'il avait introduite dans sa vie, comme une erreur funeste, Claire en était certaine, cette femme, si commune sous ses parures, et qu'on sentait si vulgaire d'âme sous l'élégance et malgré sa beauté, quelle influence mauvaise n'avait-elle point prise sur ce jeune homme qu'on sentait né pour le bien ?

« Mon Dieu ! rendez la lumière aux aveugles, aux pires aveugles, ceux qui ne savent voir en eux-mêmes ! »

De menus bruits, dans le silence, ressemblaient à des soupirs. Dans les bancs de chêne, très cirés, très luisants, parfumés d'essence de térébenthine par les consciencieux encaustiquages, des frémissements du bois, des craquements légers prenaient les proportions d'un bruit véritable.

A un certain moment, il sembla même à Claire qu'on marchait avec précaution vers la porte, sous la galerie qui s'élevait à l'entrée de la chapelle. Mais elle n'osa se retourner pour regarder.

Ce dont elle était sûre, d'ailleurs, c'est que la porte n'avait pas été ouverte, même doucement, car les charnières faisaient un petit bruit à quoi l'on ne pouvait se tromper.

Un grincement de parquet la fit tressaillir : cette fois, il devenait certain que quelqu'un était là-bas, vers l'entrée.

Et pourtant, Claire n'avait vu personne, en pénétrant dans la chapelle. Mais elle pensa aussitôt qu'un autel, dédié à saint Joseph, s'érigeait dans un enfoncement semi-obscur, près de la porte.

Quelqu'un pouvait se trouver là qu'elle n'avait point vu, toute pressée qu'elle était de s'agenouiller plus haut, vers le sanctuaire où la veilleuse piquait comme une étoile rouge.

Maintenant, toujours agenouillée, elle n'osait se relever pour s'en aller. Se retourner vers la porte lui parut soudain un acte des plus difficiles à accomplir.

« Mon Dieu ! protégez-moi ! »

Son cœur battait violemment ; elle percevait son bruit sourd, en même temps que celui, très confus, qui bruissait dans ses oreilles, et qui ressemblait à celui qu'on entend, au fond des grands coquillages roses, roulés et nacrés, que les petits enfants aiment à s'appliquer sur les tempes.

Éperdument, elle murmurait des « ave ».

Pourquoi ce trouble ? Très souvent, une infirmière pieuse, un soldat, une personne de la pension entrait à la chapelle pour une courte prière.

Claire se leva, résolue, quitta le banc de chêne luisant, fit une lente génuflexion, se dirigea vers la porte.

Personne. Mais elle n'eut pas le courage de regarder vers le petit autel sombre au-dessus duquel un bon saint Joseph de pierre souriait à l'Enfant Jésus si sage sur son bras.

Elle sortit, aspira l'air froid du couloir.

Mais, soudain, elle retint un cri. Derrière elle, la porte, qu'elle venait de refermer doucement, s'ouvrait avec rapidité.

François Gilbert, d'un pas rapide, s'avançait.

XXI

ILS étaient là, maintenant, elle et lui, silencieux, émus, se regardant, se comprenant.

Car ils se comprenaient. C'était, pour eux, une de ces situations où les paroles sont inutiles et ne pourraient que gâter les plus délicates sensations.

Celui qui aime se trompe moins à certains silences qu'à certaines paroles.

Aussi, chacun de son côté, Claire et François, tous les deux épris, n'avaient aucun doute sur le sentiment de l'autre.

Comme il pressentait qu'elle allait fuir après quelques mots de banalité, il parla :

— Vous ne m'aviez pas vu ? J'étais là à votre entrée. Je vous ai vue prier.

— Je monte parfois à la chapelle, dit Claire.

— Je sais ! vous êtes pieuse.

Il rompit le silence, deux secondes plus tard :

— Comme vous priez bien !... Je vous envie !

Claire eut un sourire triste :

— Vous m'enviez !... Mais vous prierez aussi, quand vous le voudrez.

— Vouloir n'est rien.

— Au contraire, vouloir c'est tout.

Puis, le ton surpris, elle demanda :

— Je vous croyais plus enfoncé dans l'impiété ; vous paraissiez tenir à vos opinions.

Le lieutenant eut un geste de dénégation :

— J'ai cru cela autrefois, oui ! Et puis, j'ai compris mon erreur, j'ai souffert de mon état. Mais de là à désirer croire, il y avait loin encore. C'est ici que j'ai pris ce désir.

Claire Roland sentit une douce émotion l'envahir. Elle lutta pour la combattre et paraître n'avoir pas compris.

— La guerre, fit-elle, aura ce bon effet de forcer bien des gens à descendre en eux-mêmes, à réfléchir, à s'interroger. On cite des retours à la foi vraiment miraculeux. Devant le péril, les consciences s'éveillent.

— Vous avez raison. Il y a des heures où la mort est si près que les yeux s'ouvrent sur l'infini. Chaque minute peut être la dernière. Mais pour moi, il y eut encore autre chose.

L'infirmière ne demandant rien, François continua vivement, avec une émotion contenue :

— Pour moi, il y eut vous !

— Moi ! se récria Claire. Car elle sentait bien que si elle se taisait elle paraîtrait entrer dans les sentiments du jeune homme. Vous plaisantez, lieutenant ! Je n'ai rien fait pour vous convertir !

— Vous n'avez eu qu'à vivre chaque jour auprès de moi votre vie de labeur et de dévouement.

— Nous sommes toutes attachées à cette besogne-là.

— Mais toutes ne la remplissent pas comme vous. Certaines femmes agissent par des motifs qui m'échappent ; d'autres, pour des raisons qui apparaissent trop. D'autres sont bonnes et dévouées sans que pourtant on leur doive une grande reconnaissance. Elles font cela, comment dirais-je ?... sans conviction, distraitement, sans y mettre de leur cœur, comme elles feraient autre chose.

Claire Roland se sentait délicieusement émue. Elle goûtait ces minutes exquises qui ne se renouvellent pas et que l'on regrette pendant toute la vie, minutes qui ne laissent point d'amertume, qu'on oublie dans les instants de bonheur, mais dont on retrouve ensuite le souvenir discret, suave et tenace comme un parfum.

— Vous, poursuivait le lieutenant, c'est tout votre cœur que vous mettez dans votre tâche. En entrant dans la salle, le matin, vous n'étiez pas toute préoccupée de savoir si votre blouse moulait votre taille, si telle mèche de cheveux, et non telle autre, se montrait à propos sous votre coiffe. Je ne vous ai jamais vue, comme tant d'autres le font, vous poudrer le visage entre deux portes.

— Le règlement défend la poudre.

François eut un petit rire :

— Oh !... Le règlement ! Voilà ce dont les femmes se soucient ! Bijoux et talons, cheveux et parfums, fards et poudres... Tant pis pour le règlement ! Et elles ont raison, puisqu'on les laisse faire.

— Dans ma salle, j'ai appliqué le règlement : mes deux infirmières s'y conforment.

La conversation déviait. François la ramena sur le terrain où il désirait qu'elle restât :

— Vous, reprit-il, vous êtes venue ici pour vous dévouer, pour aider à la grande œuvre de libération.

— J'aurais voulu faire mieux, interrompit l'infirmière. Sans ma pauvre mère, que cette perspective effrayait, je serais partie, soit pour les trains de blessés, où le personnel de secours est insuffisant, soit pour un hôpital proche des lieux de combat, où l'on n'a jamais trop d'infirmières.

— Qu'eussiez-vous fait de mieux ? Vous aurez, ici, soulagé, consolé, sauvé des hommes ; vous n'auriez pas fait plus là-bas. Je vous ai vue, ces jours-ci, sans que vous vous en doutiez.

Claire Roland rougit. Elle se souvint qu'à plusieurs reprises, les soirs précédents, alors que les lumières étaient allumées dans sa petite salle, elle avait cru voir une ombre arrêtée derrière les vitres, dans l'obscurité de la cour.

Cependant, elle feignit de ne pas comprendre.

— Vous m'avez vue ?... Où donc ?...

— Dans votre salle même. Je m'accuse humblement de curiosité.

Les yeux ardoisés devenaient tendres, humides, se nuançant de bleu.

— Je vous ai vue autour de ce malheureux qui vient de mourir.

Le dysentérique avait succombé, en effet, quelques jours plus tôt. Ses derniers jours avaient été des plus pénibles pour Claire, à cause de la nature même du mal horrible qui emportait le pauvre garçon.

— J'ai eu la consolation, dit-elle, de le voir mourir en bon chrétien. Si vous saviez comme c'est doux et calme, et rassurant, une telle mort ! Jusqu'au dernier moment, il priait ; il disait,

en joignant les mains : « Mon Dieu, je vous l'offre ! »

François eut un geste d'impatience :

— C'est de vous, fit-il d'un ton de douce autorité, de vous seule que je veux parler.

Mais elle, le regard éclairé d'un feu pur, tout entière prise par son infini désir d'amener cette âme à la foi, l'interrompait avec une grâce impérieuse.

— Non, dit-elle, parlons de lui.

D'un geste presque inconscient, elle avait posé une main sur le bras libre de François. Surpris, celui-ci la laissait dire :

— Parlons de lui, car c'est un saint, ce petit soldat obscur, qui n'eut même pas cette gloire de tomber au champ d'honneur, mais qui a traîné sur un lit d'hôpital une maladie répugnante autant que douloureuse. Si je l'avais osé, je vous eusse appelé à ce chevet, et vous auriez vu ce que la foi peut donner de force dans la souffrance, de résignation devant la mort. Vous auriez vu comment un être jeune, naguère encore plein de vie et d'espérance en l'avenir, tout attaché à des affections chères, car il a un père, une mère, une femme et un enfant, vous auriez vu avec quel abandon il s'en remettait à la volonté divine, et vous auriez souhaité acquérir cette foi qui nous console de vivre en nous préparant à mourir.

François eut un sourire attendri :

— Vous désirez donc bien mon salut ?

Il y avait un peu d'ironie dans la question et le ton dont elle était faite. Pourtant, Claire ne s'en froissa point, car elle vibrait d'un véritable feu sacré.

— C'est mon vœu le plus cher, répondit-elle avec un tel élan que François l'interrogea d'une voix anxieuse.

— Alors ?... Alors, je ne vous suis pas indifférent ?

Prise au piège, soudain gênée, elle chercha à éluder la question, à se reprendre :

— Nul des malades que je soigne ne m'est indifférent, fit-elle sans conviction, et vous avez été un de mes malades.

Les yeux ardoisés devinrent gris, se durcirent :

— Vraiment, railla-t-il, vous voudriez convertir tous les militaires qui passent dans cet hôpital ! Alors, si c'est une monomanie, cela n'a plus d'importance.

Et, presque dur :

— J'aime qu'on me distingue ; je ne puis souffrir être traité comme les autres.

Avec humeur, il fit un mouvement pour s'en aller. Mais comme il allait la saluer, il la regarda.

Alors, il s'arrêta net, car Claire, ne pouvant supporter l'ironie des mots et de la voix, pleurait soudain, incapable de se dominer.

D'un geste rapide, il prit une de ses mains et la porta à ses lèvres avec une tendresse pleine de respect.

— Pardonnez-moi, pria-t-il ; je ne sais que vous affliger, alors que je voudrais m'agenouiller devant vous et baiser la trace de vos pas.

Il était incliné, si ployé devant elle qu'on eût dit qu'en effet il allait se mettre à genoux.

Un bruit léger, dans l'escalier, les éloigna l'un de l'autre.

Et Mlle Joannet apparut, montant vers eux, tandis que Mme Dumont, sortant d'une salle qui donnait sur le palier, se montrait d'un autre côté. Sans délicatesse, sans tact, et mettant autant de fiel dans une plaisanterie que d'autres en jettent dans une apostrophe désagréable, elle s'écria :

— Je vous y prends !

Mais Claire, très émue, très éloignée de badiner, se redressa fièrement, regardant Mme Dumont :

— A quoi nous prenez-vous donc, madame ?

— A faire des *a parte*, répondit Mlle Joannet qui s'essoufflait sur les dernières marches. Vous savez que c'est défendu par le règlement.

— J'attends que Mme Dumont me le rappelle, mademoiselle, fit Claire d'un ton froid, c'est elle mon chef de service.

Elle n'avait pas adressé la parole à Mlle Joannet depuis qu'elle avait quitté les salles où commandait l'impérieuse major. Mais elle n'ignorait pas que celle-ci ne cessait de la calomnier à cause de la sympathie qu'elle voyait accordée à Claire Roland par le capitaine Geoffroy. On en riait dans tout l'hôpital ; les dames de la lingerie, postées dans leur observatoire dont les fenêtres permettaient de suivre un grand nombre d'allées et venues, ne cessaient de s'amuser à cette idée baroque : Mlle Joannet, cette importante personne moustachue, soupirant et rêvant comme une jouvencelle.

Cependant, le lieutenant Gilbert, trouvant tout à coup insoutenable son rôle muet, alors que Claire subissait seule les attaques destinées à eux deux, prenait à son tour la parole en s'inclinant, de manière condescendante et un peu hautaine, devant les deux femmes.

— J'ai rencontré mademoiselle à la chapelle, déclara-t-il d'un ton net. Et, de l'avoir vue prier, j'étais si impressionné que je lui demandai le secret de sa foi, si consolante, si fortifiante.

La voix était dure, comme celle d'un commandement, et peu harmonisée avec la phrase.

Mlle Joannet pinça les lèvres. Il lui déplaisait qu'on évoquât la piété de Claire Roland. Le capitaine ne l'avait-il pas déjà prodigieusement agacée en la vantant, lui, croyant sincère, et n'aimant pas ce qu'il appelait la « routine dévote », qui consiste à répéter des gestes et des mots appris.

Or, cette piété-là était assez bien celle de Mlle Joannet elle-même. N'avait-elle pas eu la maladresse, dont elle pestait aujourd'hui, d'avouer qu'elle allait à la messe « par habitude » ? Dans cette potinière de l'hôpital, les mots n'étaient jamais perdus, et celui-là avait été rapporté au trésorier, à qui il ne manqua pas de déplaire.

Tandis que la major cherchait une réplique, Mme Dumont, toujours prompte à la réponse, en trouvait une, moitié sucre, moitié vinaigre, comme ces sirops rafraîchissants qu'offrent encore, en été, les bonnes dames de province.

— Mlle Roland vous a converti, lieutenant ? C'est un beau succès qui ne surprendra personne. Seulement, ce n'est pas pour cet office qu'elle est ici, et vous auriez pu vous adresser à M. l'Abbé.

— L'esprit souffle où il veut, prononça Mlle Joannet, qui venait enfin de trouver péniblement quelque chose à dire.

Et rejetant la tête en arrière, dans un mouvement qui fit s'envoler vers le dos les ailes blanches de sa coiffe, elle prononça impérieusement :

— Vous vous fatiguez, lieutenant ; vous savez bien que vous aviez encore « trente-huit » hier au soir. Tout à l'heure, vous nous ferez encore de la fièvre.

Son regard l'invitait à rentrer par cette porte qui donnait en face de la chapelle. Mais le lieutenant n'eut pas l'air de comprendre.

Alors, Mme Dumont mit de nouveau son fiel dans la conversation.

— Mademoiselle Roland, je ne vous comprends pas : vous montez ici alors que vous avez des typhiques dans votre salle. Vous allez nous répandre des microbes partout.

— Précisément, j'allais en faire l'observation, fit Mlle Joannet avec une voix sévère et un pli de ses formidables sourcils.

— Rassurez-vous, mesdames, répliqua Claire avec calme : j'ai changé de blouse et de tablier.

Aussi bien, vous n'ignorez pas que la typhoïde n'est guère contagieuse pour ceux qui ne soignent pas les malades.

— C'est vrai ! s'écria François, avec élan, vous êtes en péril, vous !

— Mais quel honneur ! susurra Mme Dumont.

Déjà Claire Roland descendait l'escalier ; le lieutenant l'arrêta en l'interpellant :

— Mademoiselle, je pense bien que tout cela ne vous empêchera pas de monter parfois causer avec moi. Mlle Joannet vous donne l'autorisation.

Ainsi engagée, la vieille fille ne put se défendre et mettre son *veto*. Il ne lui déplaisait pas, au reste, de se réconcilier avec Claire Roland, et de passer pour avoir fait le geste de la paix. Car elle escomptait, grâce à cette attitude, la bienveillance et la satisfaction du capitaine qui blâmait ouvertement la manière dont la major avait usé envers son ex-infirmière. Pouvoir dire à M. Geoffroy : « J'ai fait la paix avec elle ; c'est moi qui ai tendu la main », ce serait un tel atout dans son jeu.

Et puis, tout ce qui rapprocherait Claire Roland de François Gilbert éloignerait la jeune fille du capitaine. Si le lieutenant pouvait se faire aimer, obtenir la main de Claire... La major pensait bien avoir découvert le secret de François ; mais elle eût juré qu'il n'était point payé de retour. Ménager aux deux jeunes gens des tête-à-tête parut soudain à la major une heureuse et habile tactique.

— Mais certainement, je vous autorise, dit-elle en s'efforçant de sourire avec grâce, ce qui lui était impossible. Montez, mademoiselle Roland ; vous avez raison : la typhoïde ne se gagne pas comme cela, et votre conversation fera du bien à ce jeune homme.

Pour sceller la paix, elle tendit une main à Claire Roland qui la prit sans enthousiasme.

XXII

Tandis que François Gilbert, tout heureux, rentrait dans la salle aux lits blancs, Claire, troublée, triste et agitée, regagnait son service. Les avances de Mlle Joannet, dont elle ne discernait pas la cause, lui paraissaient aussi redoutables que les pointes lancées par Mme Dumont. Entre ces deux antipathies, sa nature tendre souffrait, en même temps que ces deux hypocrisies blessaient sa loyauté.

Qu'avait-elle fait à ces deux femmes ?

Dans la petite salle, l'atmosphère lui parut très lourde, soudain. Déjà de crépuscule y descendait sur les lits où les fiévreux montraient leurs visages tirés, à l'expression morne. Des odeurs de désinfectants achevaient d'attrister l'endroit. La gaieté, cependant, y jaillissait à certaines heures, chez ceux qui, déjà, allaient mieux. Elle revenait presque toujours avec le premier bouillon. Quelle joie naïve, quels regards de convoitise et de bon accueil lorsque, le médecin ayant enfin prononcé : « Donnez-lui du bouillon », le malade voyait s'avancer l'infirmière, porteuse d'un bol fumant ! Ce bouillon de poulet ! On en parlait longtemps par avance, et comme son fumet était aspiré par les narines, tandis que, les yeux mi-clos, le brave troupier se préparait à son petit bonheur ! Alors, sa langue se déliait. Aux longues journées de silence, où il répondait si laconiquement aux questions posées, succédaient de gaies interpellations aux voisins, des brins de causerie avec les infirmières, des réflexions sur toutes choses.

L'un d'eux, un tout jeune, un petit « classe quatorze », — vingt ans juste, — était très fier d'avoir fini par deviner, lui tout seul, que les dames de la Croix-Rouge n'étaient pas payées !

— D'abord, je croyais que vous faisiez ça

comme un métier, et puis j'ai entendu une chose,
vu une autre.

Il s'excusait : —

— Je ne savais pas, vous comprenez.

Claire Roland écoutait l'un, répondait à l'autre,
vaquait de droite et de gauche, faisant des kilo-
mètres dans sa petite salle. Mais son esprit était
autre part, et de cela aussi, elle souffrait comme
d'une faute qu'elle eût commise. En se faisant
infirmière, n'avait-elle pas consacré aux victimes
de la guerre toute sa pensée
et tout son cœur? En revê-
tant la blanche tenue que
décore si bien la croix, emblème de la charité, la croix
qui est rouge comme le sang
pur de la jeunesse qui tombe
pour le pays, en cachant
sous la coiffe quasi religieuse ses beaux cheveux
lumineux et doux, n'avait-
elle pas dépouillé toute la
femme pour ne laisser subsister que la sœur de charité? Un vieux paysan, territorial aux allures un peu
gauches, ne l'avait-il pas,
dans les premières heures
de son arrivée, appelée « ma
sœur » ? Non, elle n'avait
pas le droit de s'occuper de
l'un plus que de l'autre.

La porte donnant sur la
cour s'ouvrit doucement et
une mince forme blanche
apparut, s'arrêtant, ne pénétrant pas.

— Blanche Carly! fit-elle
en avançant. Vous ?...

— C'est défendu, je sais,
murmura la jeune fille. Mais
il faut que je vous parle.

— J'écoute, ma bonne...
Comme vous êtes émue !

Elle s'apercevait tout à
coup de la rougeur du
charmant visage, de l'éclat
mouillé des yeux, de ces
yeux qui voudraient pleu-
rer.

— Mieux vaut vous dire
cela très vite : M⁽ˡˡᵉ⁾ Joannet
m'apprend que vous épou-
sez le lieutenant Gilbert.

C'était si énorme, cette déclaration, que Claire Roland
n'en ressentit qu'un choc
léger.

— Elle vous a dit cela ?

— Elle le dit à tout le
monde.

Leur conversation avait
lieu à voix basse, près de
la porte. C'était l'heure de
la contre-visite, et M⁽ˡˡᵉ⁾ Ko-
gan pouvait entrer d'un instant à l'autre.

— Je manque de temps pour vous expliquer les
choses, dit Claire ; sachez seulement que c'est
une invention de M⁽ˡˡᵉ⁾ Joannet.

Les yeux de myosotis brillèrent un peu plus,
mais de joie, cette fois.

— Vrai ?... Vous me jurez ?

Ce cri inconscient, trahissant les sentiments de
la jeune fille, serra le cœur de Claire Roland.

— Pourquoi jurer ? Je vous dis la vérité :
croyez-moi.

— Oh ! que vous êtes bonne !

Blanche joignait les mains, comme en extase.
Claire sourit tristement.

— Je suis bonne parce que... voyons, chère
petite, soyez franche avec moi. Vous pensez à
lui, vous, n'est-ce pas ?

A ces questions-là, on ne répond que par le
silence ; Blanche rougit plus encore et baissa la
tête dans un joli mouvement d'ingénuité.

— Vous a-t-il parlé ? demanda encore Claire
Roland, dont la voix, en disant de tels mots, eut

— *Je vous y prends* (p. 31).

une vibration étrange. La seule idée que François Gilbert, léger sur ce chapitre comme tant
d'hommes, avait pu prononcer des paroles qui
eussent abusé Blanche Carly, devint tout à coup
intolérable à l'infirmière.

Mais très simple, très sincère, la jeune fille
répondait :

— Non... jamais, hélas ! Il ne s'occupe jamais
de moi !

« D'ailleurs, continua-t-elle très vite, je sais
que M⁽ˡˡᵉ⁾ Joannet me dessert auprès de lui en me
représentant comme frivole, coquette et orgueil-

leuse. Elle fait votre éloge, par exemple ; vous le méritez, certes. Mais pourquoi dire tant de mal de moi ?

— Et de moi, pourquoi tant de bien ? répliqua Claire avec amertume. Les compliments de Mlle Joannet ne me disent rien de bon, ma chère. Je ne me les explique pas, par exemple ! Car il fut un temps où elle me traitait si mal que j'ai dû quitter son service. Vous vous souvenez ?...

— Oui... Mais depuis, Mlle Joannet a des projets en tête...

Blanche s'arrêta, gênée. De toute évidence, elle n'osait continuer. Mais Claire Roland, qui ne cessait de se demander les mobiles de la major, croyant comprendre que la jeune fille pouvait l'éclairer sur ce sujet, insista auprès d'elle.

— Comment, fit-elle, est-ce que vous connaîtriez les projets de Mlle Joannet ?

— Ce n'est un secret pour personne.

— C'en est sûrement un pour moi. Vous savez bien qu'enfermée dans ma petite salle je n'ai guère de communication avec quiconque.

Blanche se décida, mais ses lèvres, qui tremblaient un peu, décelaient son émotion.

— Alors, vous ne savez pas que Mlle Joannet voudrait épouser le capitaine ?

Un petit rire moqueur, étouffé, frissonna dans le silence de la salle. La bouffonnerie de cette révélation parut réjouissante à Claire Roland.

— Ça, c'est plutôt drôle ! Et le capitaine, se doute-t-il de quelque chose ?

— Il se doute de tout ! Mlle Joannet trouve moyen de le rencontrer à chaque instant, de le convoquer pour des riens. Et elle lui fait de tels yeux !

Blanche riait doucement.

— On s'amuserait comme des folles, si l'on pouvait être gaies, en ce moment !

Son visage s'assombrissait de nouveau. Claire comprit que la moitié seulement de la confidence était faite et qu'il restait la plus difficile.

— Mais, dit-elle, tout cela n'a rien à voir avec vos sentiments pour M. Gilbert et avec ceux qu'il peut avoir pour vous.

— Pardon ! Si Mlle Joannet disait du bien de moi au lieutenant, elle pourrait l'amener à faire attention à moi ; elle le croit, du moins. Or, Mlle Joannet ne veut absolument pas que j'épouse M. Gilbert ; cela serait pour elle la pire catastrophe !

— Petite folle ! Vous inventez tout cela !

— Vous allez voir !

Blanche prenait le petit air réfléchi et appliqué qu'elle avait dans la salle des pansements, alors qu'elle offrait à la redoutable major une cuvette ou un plateau. C'était une expression tendue qui ne seyait pas à son visage jeune et si ingénu, à toute sa grâce un peu frêle qui semblait faite pour se promener parmi des fleurs, au printemps, en écoutant chanter les oiseaux, en rêvant de bonheur, d'amour, sans y rien connaître.

— Ecoutez, reprit-elle. Si j'épousais le lieutenant, n'est-ce pas, il ne pourrait plus en épouser une autre ?

— Tant que vous seriez de ce monde, non ! dit gaiement Claire. Et après ?

— Il ne pourrait donc pas être votre mari : c'est logique !

— Logique et fatal ! Vous parlez comme un livre, ma bonne ; mais pourquoi toutes ces déductions successives. Arrivez au fait.

— Attendez donc ! S'il n'était pas votre mari, vous pourriez en épouser un autre !

Claire eut un tressaillement de ses traits si calmes. Elle s'efforçait de prendre en riant les propos de la jeune fille.

— Voilà que vous marchez sur les traces de ce monsieur fameux qu'on appelle La Palisse, ma petite Blanche.

— Laissez !... Si vous n'épousez pas le lieutenant, vous pouvez épouser le capitaine !

Blanche s'arrêta, intimidée, tandis que Claire Roland, d'une voix étrange, répétait :

— Evidemment, je pourrais épouser le capitaine !

Puis, brusquement :

— Mais le capitaine ne songe pas plus à moi que le lieutenant !

— C'est ce qui vous trompe, Claire !

Blanche Carly s'enhardissait ; le plus difficile à dire était exprimé.

— Le capitaine vous aime, affirma-t-elle d'un petit ton décisif, certaine qu'elle était d'exprimer une vérité irréfutable.

Claire Roland reçut un choc ; mais de nouveau elle contint son émoi.

— Enfant que vous êtes ! se récria-t-elle ; vous ne voyez partout que de l'amour, et, ce qui est inconcevable, c'est qu'une personne comme Mlle Joannet se laisse aller aux mêmes enfantillages que vous. Ah ! vous êtes bien femmes, vous toutes ! Vous avez entrepris une noble tâche de sacrifice et de dévouement, mais vous n'avez pu vous y absorber au point de vous oublier ! Attendez donc la fin de la guerre, pour penser à toutes ces sottises !

Elle paraissait un peu fâchée, et cela même la trahissait.

— Des sottises, croyez-vous, Claire ? se récria Blanche Carly. Vous ne pensez pas un mot de ce que vous dites là ! En quoi faisons-nous moins bien notre devoir parce que nous gardons notre cœur ? La guerre n'aura qu'un temps, et si long qu'il soit, il finira. Alors, si cette guerre nous a fait rencontrer celui qui doit nous donner le bonheur, nous la maudirons moins.

— Il faudrait la maudire quand même, Blanche ; votre bonheur est une petite chose auprès du torrent de douleurs qui passe sur notre pays.

— Certes ; mais qu'y puis-je ?

Claire Roland avait pris cet air un peu sévère qui donnait une expression inoubliable à sa physionomie. Comme elle se taisait, regardant du côté des lits où ses malades pouvaient la réclamer, Blanche Carly dit très vite :

— Je n'ai rien inventé, Claire, je vous l'assure. Mlle Joannet a confié cette histoire à une infirmière de nuit qui me l'a répétée.

— Mais quelle histoire, enfin ? se récria Claire Roland avec une impatience mal dissimulée.

— M. Geoffroy espère vous épouser.

— Aurait-il parlé de moi ? demanda l'infirmière en fronçant les sourcils.

Mais aussitôt, elle ajouta, calmée :

— Non, c'est impossible ! Et j'avais raison, Blanche : tout cela n'est que des histoires, des potins de femmes sans cervelle. Ne pensez plus à moi, à ces sornettes, je vous en prie, et retenez seulement une chose de cette conversation, c'est que le lieutenant Gilbert ne sera jamais mon mari.

Elle avait prononcé ces mots avec une sorte de solennité qui impressionna la jeune fille. En effet, Blanche Carly considérait Claire Roland comme une femme très supérieure, supérieure à elle et aux autres femmes. Les paroles que prononçait une telle personne prenaient, pour la douce et un peu impersonnelle Blanche, une importance réelle.

Heureuse, elle l'eût volontiers remerciée. Pourtant, c'est avec une jolie moue qu'elle dit encore, en se préparant à sortir :

— Tout cela n'empêche que Mlle Joannet me dessert là-haut. Quel dommage, Claire, que vous n'y soyez plus ! Vous auriez pu dire du bien de moi au lieutenant, modifier son opinion.

— Il ne saurait en avoir une mauvaise sur vous, ma petite Blanche, répondit doucement Claire, souriant de tant d'égoïsme ingénu. Au surplus, ajouta-t-elle, je pourrai tout de même lui faire votre éloge, car Mlle Joannet m'a tendu la main et m'a demandé d'aller revoir ses blessés.

— Oh ! quel bonheur ! dit la jeune fille en serrant tendrement les mains de Claire Roland.

XXIII

JE voudrais m'agenouiller devant vous et baiser la trace de vos pas, avait déclaré François Gilbert avec une sorte de ferveur.

Claire Roland était obsédée par cette phrase ardente, dite d'un ton contenu qui la rendait plus troublante encore. Si peu romanesque ou naïve que soit une femme, elle ne pouvait nier que ces mots-là marquassent autre chose que la sympathie.

« Peut-être pas de l'amour... »

De tels mots pouvaient aussi bien être inspirés par un tendre respect, une sorte d'admiration qui plaçait très haut la femme respectée.

Mais un sentiment aussi noble n'en devait pas moins donner à un homme jeune et plein de santé morale et physique le désir d'unir sa destinée à celle de cette femme.

Or, Claire avait déclaré à Blanche Carly : « Je n'épouserai jamais le lieutenant. »

Maintenant, en se rappelant ce serment, elle se demandait pourquoi elle l'avait fait. Elle revoyait les yeux gris nuancés de bleu, de violet, tour à tour tendres et impérieux comme ceux de ces enfants terribles qui trouvent toujours moyen d'obtenir ce qu'ils veulent.

« Enfant terrible, c'est bien cela... »

Un tel homme peut faire le bonheur d'une femme sans caractère ni personnalité : Blanche Carly, par exemple.

Mais dès qu'il s'agissait d'une créature aussi complète que Claire ; intelligence, sensibilité, volonté, les chances de bonheur devenaient problématiques.

Perspicace, elle se disait :

« Nous aurons une lune de miel enivrante, quelques semaines de bonheur. Le reste, que sera-ce ? »

Des philosophes, il est vrai, ont affirmé que la vie ne vaut que par certaines minutes et que tout le reste de l'existence ne paie pas trop cher ces minutes-là.

Mais Claire Roland avait une foi trop éclairée, des principes trop sérieux pour se faire de la vie une telle conception. Elle avait toujours brûlé du désir de se rendre utile, et c'était cet altruisme intelligent qui l'avait poussée à se préparer de bonne heure au rôle d'infirmière. Se dévouer lui paraissait aussi naturel que de manger ou de boire ; mais elle n'entendait point que ce dévouement fût porté tout entier sur un être unique.

Or, avec François Gilbert, elle serait cela : une femme qui se consacre à son mari, le choie et le dorlote comme un enfant, le console et le réconforte, l'entoure, guette ses caprices.

C'était très curieux, cet officier, ce soldat, volontiers rude, et qui réclamait tant de gâteries autour de lui. Claire devinait par quels moyens une femme, même indigne, avait pu l'attacher à elle.

« Moi, je ne pourrais jamais ; je ne saurais pas. »

Au contraire, Blanche Carly apparaissait comme la réalisation de ce qui conviendrait à François. « Lui, rien que lui ; le reste du monde n'existera plus. En ce moment, toute la guerre est synthétisée en lui, aux yeux de Blanche. Le drame qui se joue si près de nous, ces flots de sang jeune qui coulent pour nous garder une patrie, tout cela n'est rien pour elle, et qu'importerait la victoire, si François ne devait pas revenir ? »

Et, en toute loyauté, elle concluait :

— Moi, ce n'est pas cela. Je souffrirais de sa mort...

Elle s'arrêta, bouleversée, à la pensée que le lieutenant Gilbert retournerait sûrement au feu, car sa blessure était en bon état et ne laisserait pas de trace. Et la guerre était loin de finir.

Tout de suite, elle se ressaisit. Elle se sentait digne d'être la femme d'un soldat, une de ces nobles épouses qui voient, sans faiblesse, partir l'être cher, parce qu'elles n'ont jamais oublié, au sein des félicités de la vie tranquille, que le soldat est fait pour la guerre.

Claire saurait être cela : une vraie Française, au cœur tendre, mais courageuse, faible, peut-être dans de petites circonstances, parce que son épiderme est délicat, mais forte dans l'épreuve, parce que sa structure morale est solide.

Depuis quelques jours, Claire Roland avait un double sujet de préoccupation : à la crise sentimentale qui l'agitait était venu se joindre un fait nouveau : le capitaine Geoffroy avait changé d'attitude envers elle.

Tandis qu'il semblait, naguère encore, vraiment heureux de la rencontrer, s'arrêtant à causer, alors qu'avec une autre il se fût contenté de saluer, maintenant, il se montrait d'une réserve excessive qui ne pouvait demeurer inaperçue.

« Mlle Joannet ou Mme Dumont a passé là », pensa Claire avec ennui.

Elle se sentait vivement contrariée, car elle devinait de quoi il s'agissait ; l'une de ces bonnes langues, les deux, peut-être, avaient rapporté à leur manière le tête-à-tête surpris par elles. Et le capitaine boudait à cause de cela.

« Qu'est-ce qu'il peut trouver là-dedans qui lui déplaise ? »

C'était une phrase de Blanche Carly qui répondait :

— Le capitaine vous aime, avait-elle dit.

Or, la jeune fille, dépourvue d'imagination, malgré ses tendances rêveuses, était incapable d'émettre une opinion personnelle qui fût le résultat d'une observation continue. Et quelle attention n'avait-il pas fallu déployer pour en arriver à affirmer que le capitaine aimait Claire Roland ?

« Peut-être, après tout... Il me bouderait parce que Mlle Joannet lui aurait assuré que j'épouse le lieutenant Gilbert ?... »

Et tout de suite, devant l'enchaînement logique des idées et des faits, elle pensait :

« Oui, peut-être, oui, sans doute : c'est cela. » Pourquoi M. Geoffroy lui eût-il, comme on dit vulgairement, « battu froid » ? Il avait une raison. Or, aucune raison n'existait, en dehors de celle à quoi on devait se rendre.

Claire Roland songeait aux autres hommes qui se partageaient la besogne administrative de l'hôpital. Cette simple évocation suffisait pour lui faire entrevoir sur-le-champ la vérité, car il lui parut immédiatement bouffon qu'un de ces messieurs prît ombrage d'un mariage de n'importe qui avec elle.

Elle dut s'avouer qu'en d'autres circonstances elle eût accueilli sans révolte l'idée d'épouser M. Geoffroy. C'était un homme d'âge mûr ; mais elle-même commençait à être classée parmi les « vieilles demoiselles », et c'eût été folie de sa part que songer à épouser un homme qui n'eût que son âge.

« François se doute-t-il que je suis plus âgée que lui ? »

Non, certainement... D'ailleurs, François songeait-il à l'épouser ?

Non, sans doute, en dépit des propos de Mlle Joannet. La ferveur quasi mystique dont il avait fait montre au sortir de la chapelle pouvait être l'expression d'un de ces sentiments rares, il est vrai, mais réels, cependant ; espèce d'amour platonique qui place trop haut l'objet de son admiration pour vouloir en ternir l'idéal au contact de la réalité, cette tueuse de rêves.

La porte s'ouvrit, livrant passage au vaguemestre.

— Le courrier !

C'était le courrier de l'après-midi, le moins chargé, le moins attendu, car il n'apportait guère que des lettres venant de Paris.

Le vaguemestre appelait les noms qu'il lisait sur les enveloppes. Et les grosses voix, souvent enrouées ou empâtées par la maladie, répondaient : « Présent ! »

— Mademoiselle Roland !

C'était si extraordinaire, de recevoir une lettre à l'hôpital, que Claire demeura sans bouger.

— Comment ! Une lettre pour moi ?

Le vaguemestre tendit une enveloppe :

— Pour vous, oui, mademoiselle.

Claire Roland, qui passait pourtant ses journées dans cet hôpital, n'avait jamais demandé à ses amis de lui écrire là. D'autres le faisaient et alimentaient les potins par ce moyen. On trouvait étrange que des jeunes filles, des jeunes femmes reçussent ainsi un courrier en dehors de chez elles. Cependant, il arrivait qu'un soldat, parti après guérison, écrivit sa reconnaissance à l'une de ses infirmières, à celle qui, plus spécialement, l'avait soigné. Claire gardait ainsi de bonnes petites lettres dont l'écriture sentait l'effort et dont l'orthographe affectait la plus libre fantaisie, mais à qui quelque tournure de phrase imprévue donnait une grande saveur.

Ces lettres-là, d'ailleurs, on se les montrait entre infirmières.

Seule un instant, Claire Roland décacheta l'enveloppe, dont l'écriture, qu'elle ne reconnaissait pas, l'avait pourtant fait tressaillir.

Tout de suite, elle vit la signature : François Gilbert. Les deux majuscules, hautes et appuyées, avaient une forme bizarre, traversées d'un trait net qui leur donnait un aspect de gros insecte aux longues antennes.

Tout en lisant, Claire tressaillait :

« Mademoiselle, disait le lieutenant, vous m'aviez promis de monter, et vous ne l'avez encore fait. M'en voulez-vous ? Ce serait trop dur, et je n'y puis croire. Mlle Joannet nous a prévenus que jeudi elle s'absentera entre le déjeuner et le dîner ; que de grâces je vous rendrais si vous veniez à ce moment-là où sa présence toujours importune ne nous gênerait pas par sa malveillance ! Venez, venez, j'ai à vous demander une chose grave, importante, si grave que toute ma vie en est suspendue. Si vous consentez à venir jeudi, je voudrais le savoir dès ce soir. Maintenant que je descends avec les autres au réfectoire, il vous serait facile, en le traversant à l'heure du dîner, de sortir votre mouchoir et de le porter à votre visage. Nous sommes quelques officiers, à part, au fond de la salle. Ayez pitié de moi, venez. Ma vie est suspendue, en cette attente. Je suis à vos pieds. »

Plus de doute possible : le ton de cette lettre était celui d'un amoureux qui va se déclarer.

« Je n'irai pas vers lui », se promit Claire Roland, troublée, mais remplie de décision.

Une voix lui répliquait d'entendre, au moins, la requête annoncée : « Une chose si grave que ma vie en est suspendue. »

« Inutile de le laisser parler. Cette chose, je la devine ; tout le monde la devinerait. »

De nouveau, une sorte de remords subtil et très particulier s'empara de Claire Roland. Entrée à l'hôpital, dès le début de la guerre, pour y accomplir une tâche dans laquelle devait disparaître toute personnalité, toute pensée subjective, voilà qu'elle se sentait absorbée par une préoccupation obsédante dont son propre cœur était l'égoïste objet.

« J'ai reproché cela à Blanche Carly ; je fais la même chose. »

Et, tout de suite, l'amer reproche :

« Pendant ce temps-là, nos frères souffrent et meurent pour nous, là-bas... »

Pourtant, la vue de sa petite salle bien tenue, claire sous la lumière tamisée, chaude, avec ses lits blancs où les malades les plus atteints semblaient reposer doucement, rassura sa conscience scrupuleuse :

« Cette préoccupation ne distrait pas une seconde de mon temps. Je demeure libre de ma pensée... »

Elle fut tentée d'ajouter : « Et de mon cœur. » Autre chose pressait, d'ailleurs ; elle devait prendre une décision, car l'heure du dîner devenait prochaine.

Depuis la veille seulement, le lieutenant Gilbert descendait au réfectoire. Son bras blessé, à peu près guéri, se reposait encore par instants dans une petite écharpe, repliée sur la poitrine, mais il pouvait commencer à s'en servir.

Claire Roland, qui se rendait souvent à la cuisine pour y prendre les aliments de ses malades, avait évité d'y aller aux heures où les soldats s'y trouvaient. Car la rumeur publique, cette voix qui a tant de bouches qu'on ne sait plus d'où elle vient, lui avait déjà rapporté que le lieutenant Gilbert descendait dans la petite salle réservée aux officiers. Claire avait même imaginé déjà tout un plan de conduite, afin de ne pas traverser à ces heures-là cette pièce qui précédait le réfectoire des soldats.

Le soir, cependant, un hasard qui l'impressionna la laissait seule dans la salle. Ses deux aides lui avaient demandé de ne pas venir, et l'état des malades étant très amélioré, Claire avait consenti, assurant seule le service. Il lui fallait donc, tout à l'heure, aller elle-même quérir les potages, purées, petits plats légers représentant ces premiers repas de malades bientôt convalescents. Elle traverserait la salle à manger des officiers, l'endroit, un peu séparé des autres, où l'on plaçait les officiers. Ne pas regarder François serait cruel, méprisant ; il ne méritait pas cela.

Il est une nuance délicate et difficile à observer : on veut ne pas faire ou dire une chose ; on sent que ce serait mieux ainsi. Mais cette abstention va causer une souffrance à un autre. Pour la satisfaction de sa conscience, a-t-on le droit de créer du malheur qui frappera une autre personne ? Question troublante que les grands conducteurs d'âmes n'ont souvent osé résoudre par un oui ou par un non.

Elle rêvait, tandis que l'heure passait, rendant de plus en plus proche l'instant où elle devrait prendre une décision.

Elle traverserait le réfectoire ; elle regarderait du côté où devait se trouver François. Cela seul était certain.

Elle calcula : il lui faudrait passer trois fois pour les potages, autant pour les purées, deux fois encore pour les crèmes, auxquelles tous ses malades n'avaient pas droit encore. Cela faisait, aller et retour, seize traversées de la salle. Seize fois de suite elle passerait sous les regards du jeune homme.

Encore fallait-il prévoir le cas très possible où elle devrait aller chercher quelque objet oublié, quelque tisane désirée et non prévue.

Impossible de se libérer d'une telle tâche avant que le réfectoire soit occupé ; également impossible d'attendre qu'il soit évacué. L'heure exacte était imposée.

— Il est bientôt six heures, dites, mademoiselle ?

Cette voix tira Claire de son rêve. C'était la voix jeune et joyeuse du petit « classe quatorze », convalescent de la typhoïde, et qui passait tout l'intervalle des repas à attendre le moment du repas suivant.

Un territorial, possesseur d'une montre qu'il avait attachée à son lit, répondit :

— Six heures moins dix... ça va être bientôt la soupe.

Même quand ils ne mangeaient qu'un bouillon, c'était l'heure « de la soupe ». Et, à l'idée que cette heure-là allait sonner, les somnolences se secouaient.

— On voit qu'on n'est plus bien malades ; tout le monde se réveille.

Des propos volaient d'un lit à l'autre :

— T'es mieux que dans les tranchées !

— Tu ne crânais pas comme ça quand t'avais la fièvre !

De gros rires partaient pour des riens, pour un mot, pour quelque vieille plaisanterie sortie du sac à malices d'un joyeux compère qui reprenait goût à la vie.

— Six heures ; v'là les copains qui s'amènent !

Claire tressaillit ; dans le réfectoire voisin de grosses voix s'entendaient, et toujours ces rires roulants qui faisaient une sourde rumeur.

Elle se redressa, dans un mouvement de bravoure, et se dirigea vers la porte menant à la salle commune. Une petite pièce la séparait de celle dont on avait donné à Claire la surveillance.

Cette petite pièce était celle où mangeaient les quatre officiers en traitement à l'hôpital.

Claire s'arrêta une seconde sur le seuil, toute frémissante.

Qu'allait-elle faire ?

D'un pas résolu, la tête haute, sans regarder personne, elle traversa la salle, puis le réfectoire, marcha vers la cuisine, prit ses bols et revint.

Trois fois de suite, elle passa ainsi. Elle sentait braqués sur elle des regards ; elle entendait le brouhaha de toutes ces voix, la cacophonie des rires. Elle croisait les infirmières de service, chargées de plats ou d'assiettes. Chacune manœuvrait avec adresse et célérité. Leurs mouvements étaient souples et précis.

Claire ne voyait personne et n'entendait que le fracas de son cœur, qui dominait tous les bruits, jusqu'à la voix suraiguë de la cuisinière, qui s'élevait, tympanisante, au-dessus des chocs de vaisselle.

Maintenant, Claire servait les crèmes. Elle n'avait plus que deux traversées à exécuter. Et elle n'avait encore regardé d'aucun côté.

— Vous êtes devenue bien fière, mademoiselle Roland !

Une voix connue l'interpellait, celle d'un des lieutenants réservistes de son ancien service.

— C'est parce que vous êtes montée en grade ?

Elle dut s'arrêter, tendre la main. Et voilà que d'autres mains amies venaient vers elle.

— On ne vous voit plus !

— Vous nous oubliez donc !

François était là, pâle, la mine mauvaise, l'œil dur. Dans son assiette, le dernier mets servi restait sans qu'il y touchât.

Claire lui tendit la main, car il n'avait pas commencé à le faire, comme les autres.

— Je vous demande pardon, fit-il sourdement. Mon avant-bras est bien raide, ce soir.

Et il garda sa main sur la table. Toute palpitante, prête aux larmes, Claire regagna précipitamment sa petite salle, servit ses malades, revint à la hâte.

Cette fois, son regard croisa celui de François. Il y avait tant de souffrance creusée sur ce mâle visage, tant de prière dans les yeux couleur d'ardoise, que l'infirmière, presque in-

consciente, tira brusquement du tablier blanc son mouchoir et le porta à ses yeux.

Elle s'enfuit.

Et tandis qu'elle s'arrêtait, suffoquant, au seuil de sa petite salle, elle entendait le territorial spirituel, dont les facéties étaient si goûtées de ses camarades, déclarer en posant bruyamment une cuiller dans son assiette :

— Encore un que les *Boches* n'auront pas !

XXIV

MAINTENANT, Claire devait tenir sa promesse muette : le jeudi suivant, elle monterait à la salle IV et se rendrait près de François Gilbert.

Pas un instant elle n'eut l'idée de revenir sur cette décision, prise cependant comme malgré elle. Ce geste qui consentait, elle ne pouvait dire qu'elle l'eût exécuté volontairement. Il avait été précédé de luttes intérieures, de réflexions profondes, de discussion intime avec soi-même ; et puis, soudain, un regard éploré avait donné l'impulsion à son bras, et elle avait fait le signal demandé.

Mais était-elle vraiment consciente à ce moment-là ? N'y aurait-il pas, pour l'esprit comme pour le corps, une influence réflexe, produisant des mouvements involontaires, à la suite d'impressions perçues ou non perçues par la conscience ?

Cependant, se dérober maintenant eût manqué de franchise et de courage. Se dérober est facile, mais n'est pas héroïque. La simple vertu qui consiste à ne point entendre, à ne rien répondre, à se cacher est peut-être suffisante pour empêcher la chute ; mais elle ne saurait, en aucun cas, être comparée à la vertu combative qui ose affronter le danger, parce qu'elle sait en parer les coups. Le silence n'est pas l'arme des braves.

D'ailleurs, pensait Claire Roland, il n'y avait pas de mal à écouter les propos de François Gilbert. Certainement, il allait lui parler d'amour, de son amour. Mais ce sentiment était chez lui honnête et pur. C'était vers un mariage heureux qu'il devait mener les deux jeunes gens, et les circonstances exceptionnelles qu'avaient entouré l'éclosion de ce sentiment autorisaient Claire à écouter ce jeune homme, licence qu'elle n'eût point permise dans le train ordinaire de la vie.

« Et puis, j'ai trente ans, trente ans sonnés. »

De l'ombre courait sur le clair horizon. Une voix très nette criait à la jeune fille, — vieille fille, disait-on déjà, — que l'âge des idylles fraîches était clos, que François, plus jeune, et d'autant plus jeune qu'il était homme, ignorait certainement que Mlle Roland eût passé la trentaine.

Cette pensée la rassura : « Je lui dirai mon âge, se promit-elle, et cela suffira à refroidir ses sentiments. Du coup, son amour se changera en amitié. »

Elle demeura jusqu'au jeudi suivant dans cet espoir qui devenait une sécurité.

Les jours passèrent. Ses malades, de mieux en mieux portants, allaient et venaient presque tous. Quelques tousseurs gardaient encore la salle, jouant aux cartes ou aux dominos. Claire entendait les joueurs prononcer des mots qui revenaient sans cesse et qu'ils disaient avec conviction :

— J'ai la manille de cœur !

— Atout !

— Je passe !

Puis, des discussions très violentes et tout à coup finies, sans laisser de traces :

— Tu me coupes le manillon !

— Puisque j'ai le manillon d'atout !

— J' te dis que non !

— J' te dis que si !

Rien de grave dans ces querelles ; les rires ne tardaient guère. Un ouvrier parisien chantonnait, toutes les trois minutes, le même vers d'une chanson comico-sentimentale :

Ah ! si j'étais petit zoiseau !

Le jeune « classe quatorze », gars normand, sifflotait des refrains de café-concert importés de Paris dans son village, et auxquels il apportait de nombreuses modifications.

Habituée à ces bruits, Claire les entendait confusément. La vie était revenue dans sa petite salle triste, et l'égayait. Dans la journée, maintenant, les lits étaient tous inoccupés. On ouvrait plus largement les fenêtres ; les odeurs funèbres des désinfectants disparaissaient. Quelques fleurs d'hiver, des houx piqués de grains rouges, des branches de gui emperlées, donnaient une impression presque riante, complétée par les nappes blanches des tables.

A la vérité, ils n'avaient pas l'aspect très martial, ces guerriers. Dans la longue capote bleue de l'hôpital, ils traînaient de larges chaussons, et leurs jambes semblaient flageolantes dans les pantalons disparates, trop courts, trop longs ou trop larges, qu'on devait presque tous à la libéralité de généreux donateurs. Leurs mines, à l'égal de leurs attitudes, étaient nonchalentes, et toute leur préoccupation allait à la composition des repas :

— C'est-y pas le jour qu'on donne du macaroni ?

— Oui ! c'est mardi.

— Sans blague ?... Ben ! zut !...

Il n'avait pas dit zut. Mais ces écarts de langage ne sont point pour effarer une bonne infirmière, qui semble toujours ne les pas avoir entendus. Quand elle se trouve près d'eux, d'ailleurs, les soldats soignent leurs paroles. Mais lorsqu'elle est assise dans son coin, un travail aux doigts, ou bien lorsqu'elle vaque, affairée, à ses besognes ménagères, ils oublient sa présence. Il ne faut pas leur en vouloir : ils savent bien qu'ils sont, avec elle, en famille !

Claire avait fixé sa visite du jeudi à trois heures et demie. Ce jour-là était celui où l'on venait du dehors, ainsi que le dimanche, voir les soldats. François pouvait donc, — le hasard joue tant de mauvais tours, — recevoir quelqu'un, tandis que Claire Roland serait près de lui. Mais à trois heures, tout le monde devait s'en aller. Aussitôt, les hommes goûtaient. Ceux qui pouvaient ou aimaient se remuer allaient vers la cuisine chercher les corbeilles de pain, les morceaux de chocolat et venaient les distribuer aux éclopés, aux paresseux, aux nonchalants qui « faisaient de la chaise longue » sur leurs lits. Les infirmières distribuaient aux malades les collations légères autorisées par le médecin : tasse de lait ou bouillon, biscuit, petit verre de vin tonique.

— Hein ! mon vieux, c'est pas l'hôpital militaire !

Beaucoup de ces hommes avaient passé par les hôpitaux un peu rudes, où l'on soigne bien, mais où l'on ne gâte pas. Ici, les mains étaient plus douces.

Les femmes aiment à dorloter, à consoler, à couper des tartines et à distribuer des chatteries. Plus d'un soldat demeurait stupéfié, dans les premiers jours, d'être l'objet de tant d'attention et de soins.

— Vrai ! j'ai jamais été soigné comme ça !

— Bien sûr que c'est mon meilleur temps !

Et l'infirmière qui entendait ces propos s'en allait avec un sourire, car elle était récompensée de sa peine.

Ayant donné quelques instructions à son aide, Claire Roland se dirigea vers le premier étage. Elle n'était plus émue ; elle se sentait rassurée. En elle-même, depuis ces derniers jours, des décisions précises s'étaient affirmées. Quelles que pussent être les raisons de François, quelque convaincantes qu'il les exposât, elle refuserait de l'épouser. Ce mariage eût été une folie, la folie qu'on est excusable de commettre à vingt ans, dans l'ignorance lumineuse et enthousiaste créatrice d'illusions, mais qu'on doit repousser lorsque l'âge, semeur d'expérience, est venu déchirer le voile merveilleux qui cachait la réalité.

La différence de leurs âges demeurait une raison de première importance, mais elle n'était pas la seule ; le caractère de François, que Claire discernait très nettement, en était une autre non moins sérieuse. Ensuite, il y avait, non après, mais sur le même plan, cette différence de leurs opinions intimes, qu'elle sentait devoir persister, en dépit des paroles prononcées par le lieutenant au sortir de la chapelle.

Peut-être, cependant, Claire eût-elle pu amener à la foi cette âme encore rebelle ? Cette pensée apostolique l'exalta soudain. Si François avait pour elle ce sentiment très élevé qu'il avouait, pourquoi ne tenterait-elle pas cette œuvre, belle entre toutes ? Point n'était besoin, pour cela, d'être époux. Tout au contraire, l'influence quasi-mystique serait plus certaine, venant d'une simple amie.

Dans la salle IV, elle constata, dès l'entrée, que le lieutenant Gilbert était seul, assis près d'une fenêtre, semblant lire. Avait-il manœuvré habilement pour envoyer ses camarades au dehors ? En tout cas, cette constatation fut très agréable à Claire.

Mais elle affecta après que François l'eut vue passer sur le palier, d'entrer dans les deux grandes salles et d'y tendre la main aux infirmières et aux blessés qu'elle connaissait.

— Vous voyez ; je viens vous faire une petite visite !

Mlle Joannet, en effet, était absente. Plus de gaîté régnait parmi les blanches gardiennes. La petite Carly, rose et mélancolique, était assise au milieu de ses compagnes, devant une grande table, et coupait des compresses dans de la tarlatane neigeuse. Elle se leva dans un mouvement empressé et vint embrasser Claire avec un affectueux geste de ses deux bras tendres. En même temps, très bas, elle lui disait :

— Claire !... Allez-vous lui parler ?

Claire Roland lui serra les mains avec effusion et se contenta de la regarder avec douceur. En ce moment-là, elle était prête au renoncement, au sacrifice.

Du moins, le croyait-elle sincèrement. Et cette croyance n'est-elle pas créatrice de courage ?

Deux minutes plus tard, elle entrait dans la salle où se tenait François Gilbert.

Les lits blancs étaient toujours soigneusement drapés ; les petites tables garnies de napperons. Le cadre ne changeait pas. Mais quels bouleversements dans les cœurs !

Au fond de la salle, la porte donnant près de la chapelle s'entr'ouvrit, et Claire, alors qu'elle abordait le lieutenant Gilbert, qui s'était levé à son approche, reconnut le capitaine Geoffroy qui passait la tête, jetait un regard dans la salle et refermait la porte, un peu plus rudement peut-être, qu'il ne convient dans un endroit où les bruits sont défendus.

XXV

OMMENT vous remercier ?

— J'ai voulu ne pas vous peiner.

— Vous êtes bonne.

— Mais je n'aurais pas dû me rendre à une demande exprimée sur ce ton, et non plus me prêter à cette petite comédie du mouchoir tiré en manière de signal.

Ces quatre phrases avaient été échangées avec rapidité, tandis que Claire prenait place sur une chaise, à côté de François.

— Vous savez, je n'ai qu'un instant de liberté.

— Les heures sont faites d'instants.

— Mais je suis pressée. Qu'avez-vous de si grave à me demander ?

Cette tranquillité déconcerta le jeune homme.

quête ?

— Oh ! fit-il tristement, ne me parlez pas sur ce ton positif ; vous me paralysez.

Et comme elle ne ripostait pas, il ajouta tout de suite :

— Je ne croirai jamais que vous n'ayez pas compris.

L'infirmière hésita une seconde ; puis, résolue, elle répondit :

— En effet, je crois comprendre, surtout en rapprochant les termes de votre lettre de vos paroles, lors de notre dernière rencontre.

— Alors, vous n'avez pas besoin que je vous fasse mon aveu ?...

Il courbait vers elle son buste souple et mince ; son regard était devenu câlin, tendre, ensorceleur comme celui d'un enfant gâté.

— Vous n'avez plus qu'à me dire oui.

— Ou non, compléta Claire, en souriant doucement.

— Vous ne voudriez pas me désespérer !

— Et vous, voudriez-vous m'entraîner dans une folie dont nous souffririons bientôt tous les deux ?

Il parut surpris, sincèrement :

— Une folie, pourquoi ? Rien n'est plus sensé, plus raisonnable que les projets d'avenir qui me tentent si fort. Mon cœur est ici d'accord avec ma raison.

Il était si grave que Claire en fut troublée plus qu'elle l'eût été d'une explosion de tendresse. Elle se recueillit avant de répondre, semblant souffrir par avance de ce qu'elle allait dire.

— Vous ne savez donc pas ?... commença-t-elle.

Le ton qu'elle avait pris était si bizarre que le lieutenant s'effraya. Un doute, un soupçon qui lui faisait mal venait de lui traverser l'esprit.

— Quoi ? fit-il rudement.

Et, tout de suite, presque brutal devant ce silence qui changeait en certitude le soupçon :

— J'aurais dû m'en douter ; vous avez d'autres projets. C'est votre droit, d'ailleurs ! J'arrive trop tard.

Claire eut un gémissement douloureux. Il lui semblait qu'on appuyait sur son cœur tendre une main meurtrissante qui l'écrasait.

— Vous vous trompez, dit-elle d'un ton douloureux : je ne songe à personne !

— Un souvenir, alors ! Un cher souvenir que vous voulez garder ? Que n'ai-je pensé à cela ? Ne seriez-vous mariée déjà, charmante comme vous l'êtes, si vous ne gardiez la mémoire d'un mort tendrement chéri ?

Claire était si émue de ces attaques soudaines, qu'elle ne se défendit pas assez vite et que François put continuer d'un ton âpre :

— Parbleu ! N'a-t-on pas dit qu'au fond de tous les dévouements de femme il y a une plaie du cœur qui saigne et qu'on essaie d'adoucir en se lançant dans la charité ? J'ai bien vu cela ici : l'une a son fils à la guerre, l'autre son mari, et c'est pour distraire leur pensée qu'elles prodiguent aux soldats des soins qui les fatiguent. Une autre....

Un peu sévère, très digne, Claire interrompit l'amère diatribe :

— Vous vous trompez, lieutenant. Nous sommes nombreuses, ici, comme ailleurs, qui nous dévouons tout simplement pour ce double idéal : la patrie, l'humanité. Nous n'avons pas besoin de souffrir pour soulager ceux qui souffrent, et notre tâche n'est pas une distraction que nous prenons pour tromper notre ennui ou consoler nos peines.

François craignit de l'avoir froissée :

— Pardonnez-moi, implora-t-il doucement. Je vous afflige parce que je suis très malheureux. Mais un mot de vous changera mon chagrin en joie.

Il fallait en finir. Claire déclara d'un ton ferme :

— Avant tout, je dois vous avertir d'un détail que vous ignorez sans doute.

Le regardant bien en face, elle demanda :

— Vous a-t-on appris mon âge ?

— Mais non ! Et pourquoi m'eût-on dit cela ?

— Alors, quel âge me donnez-vous ?

François Gilbert s'égaya :

— Cette idée !... Est-ce que l'âge compte... à votre âge ?

Lentement, Claire prononça :

— J'aurai trente et un ans, dans quatre mois.

Et, de nouveau, elle regarda le lieutenant. Il avait fait bonne contenance, mais une impression fugitive passa sur son visage, et Claire y lut nettement que cette impression n'était pas agréable.

Pourtant, il souriait en répondant :

— Qu'importe, si vous ne les paraissez pas !

— Vous voyez bien ; vous me croyiez plus jeune ! Quel âge m'attribuiez-vous ?

— Vingt-quatre ans, peut-être vingt-cinq ; pas davantage !

De la mélancolie passa dans le regard de l'infirmière :

— Ainsi, dit-elle, tout s'arrange de soi-même : vous ne pouvez songer plus longtemps à moi, qui suis plus âgée que vous.

François Gilbert étendit le bras vers elle. Il eût voulu, confiant et sincère, prendre dans sa main une main de cette femme, pour faire la déclaration un peu solennelle qu'il désirait. Mais à quelques pas, vers la porte, des êtres passaient qui les voyaient et pourraient interpréter un tel geste. Il ne fit donc que l'esquisser en prononçant :

— Je vous jure que ce détail n'a pour moi nulle importance. Au contraire, votre âge vous rapproche de moi, fera que mieux nous nous comprendrons. Car je me sens vieux, moi, et je vous trouvais trop jeune...

— Vous dites cela aujourd'hui. Dans quelques années, vous changerez d'avis.

— Croyez-vous donc que des changements ne surviennent point pour d'autres motifs, et lorsque la femme est plus jeune que le mari ? Tout peut changer, avec les années. Il y a, dans les meilleurs mariages une part d'inconnu, je dirais presque de hasard, si je ne savais que ce n'est pas votre avis.

— En effet. Ces surprises inévitables dont vous parlez doivent être déjouées par les vertueux efforts de chaque époux ; c'est ainsi qu'on défend son bonheur contre les assauts de la vie.

— Très bien ! Nous voilà d'accord ! Et si je ne savais pas lutter contre un ennemi que je n'entrevois guère, vous seriez là, vous, vaillante et forte pour deux, vous, mon ange gardien...

Il se penchait un peu, ajoutant de ce beau ton militaire qui dit à la fois l'obéissance et la fierté d'obéir.

— Vous... mon colonel !

Mais Claire se recula un peu. Elle ne voulait pas subir l'enchantement. Peut-être n'aimait-elle pas assez follement pour faire taire l'impérieuse raison qui parlait en elle ?

— Voyez-vous, commença-t-elle, il doit y avoir, il y a certainement deux manières d'aimer.

François l'interrompit avec véhémence :

— Il y en a autant que d'individus ! proclama-t-il d'un ton ardent. Chacun apporte là comme ailleurs son tempérament...

— Vous ramenez tout à la synthèse scientifique. J'aime mieux croire à l'effort personnel, à la vertu...

— C'est toujours affaire de tempérament...

— Mais non ! Où serait le mérite si l'on ne suivait que les suggestions d'un tempérament ?

Un froncement de sourcil témoigna de l'impatience du lieutenant.

— Vous allez passer tout votre temps à discuter de nuances psychologiques, dit-il, alors que les instants nous sont mesurés et que cet entretien doit être décisif.

Ces derniers mots rendirent toute sa résolution à Claire Roland.

— En effet, répondit-elle, nous ne saurions, de longtemps, causer ainsi. Déjà l'on nous remarque...

Des formes blanches, légères et vives, passaient et repassaient sans but bien visible. Un peu de curiosité devait naître autour des deux causeurs.

François, l'œil dur, répliqua :

— Des commères !... Des espions !... Des potins !...

Précisément, la porte du fond, qui faisait vis-à-vis à l'entrée de la chapelle, s'ouvrit à moitié, livrant passage, de nouveau, à la tête du capitaine Geoffroy. Et de nouveau, dans un mouvement sec, la porte fut refermée.

— Ah ! se récria François, il m'ennuie celui-là !

Claire Roland l'apaisa par quelques mots qui prêchaient la patience. Tout le côté spontané de ce caractère difficile lui apparaissait si nettement dans ces exclamations, ces mouvements d'humeur ! Comme on sentait que François n'avait jamais reçu cette forte et chrétienne éducation qui, tout en respectant la personnalité de l'enfant, se souvenant que tout défaut renferme une qualité en puissance, travaille à mettre la qualité en lumière et à reléguer le défaut au dernier plan ! François était sans doute une belle et vigoureuse plante, mais il resterait toujours ce sauvageon qui peut donner de belles fleurs sans produire un beau fruit.

— Finissons donc, reprit-elle. Je veux que vous sachiez toute ma sympathie, ma très affectueuse sympathie...

Il l'interrompit avec une certaine violence.

— De la sympathie !... Cela m'avance bien !

— Plus que vous croyez. Naturellement, vous préféreriez, en ce moment, me voir dire, comme vous, des folies. C'est parce que la folie est contagieuse que tant d'êtres succombent, qui se croyaient raisonnables.

— Oh ! railla amèrement François, vous êtes trop raisonnable, vous ! Quelle froideur !...

— Admettons, fit simplement Claire, tandis que des larmes lui montaient aux yeux.

Mais François, qui s'était détourné avec humeur, ne vit pas les yeux noyés d'eau limpide. Quand il regarda l'infirmière, elle avait repris son visage tranquille et continuait :

— Il faut me croire quand je vous dis que j'ai pour vous une affection très réelle et sincère, et que, si Dieu vous garde, j'aurai une joie réelle à ce que nous devenions amis. Et

maintenant, nous avons assez causé. Mais le sujet est loin d'être épuisé. Voyons... Quelle heure est-il ?... J'ai encore dix minutes à vous accorder. Mais je vais refaire un petit tour par là pour apaiser les curiosités. Attendez-moi un instant.

<h2 style="text-align:center">XXVI</h2>

D ANS la grande salle où, pendant plusieurs mois elle avait exercé son intelligente activité, Claire Roland ne connaissait plus que de rares blessés, de ceux dont le séjour se prolonge sans qu'on puisse en prévoir la fin. Ceux-là surtout qu'on avait envoyés comme « petits blessés », atteints à la main, à un doigt, ne pouvaient, après guérison de la plaie, reprendre l'usage du membre atteint. Des bras naguère encore vigoureux s'atrophiaient dans une ankylose rebelle ; des jambes s'entêtaient à se raidir au lieu de se ployer.

D'ailleurs, à mesure que se prolongeait la gigantesque guerre, les éclopés et mutilés sortaient des hôpitaux qui les cachaient jusqu'alors. On les rencontrait, nobles et douloureuses épaves, à chaque pas. Les femmes les regardaient avec une pitié émue ; leurs larmes montaient à la vue de cette forte jeunesse qui, dorénavant, se traînerait ainsi dans la vie. Des hommes, des enfants les saluaient. Des « gradés » avaient ce geste délicat de saluer les premiers ces glorieux infirmes, et plus de haine montait dans les cœurs en songeant à ceux qui avaient voulu la guerre.

Une fournée d'Arabes, tirailleurs de Tunisie, était arrivée récemment. Claire s'arrêta devant chaque lit, se faisant comprendre au moyen de quelques mots. Une résignation tranquille donnait aux physionomies de ces hommes une expression reposée, mélancolique un peu, à cause, sans doute, de ce soleil, de ce ciel bleu qu'ils ne voyaient plus.

Depuis plusieurs semaines déjà, Ali avait quitté l'hôpital ; mais il n'était pas de race arabe, et Claire trouva une grande différence entre ceux-ci et l'ancien pensionnaire de l'hôpital, rusé et « carottier ».

Quelques-uns, d'aspect plus grave que les autres, étendaient les mains en avant, à l'approche de l'infirmière et murmuraient des « aslem » ! fervents. Quand elle leur avait pressé la main, ils baisaient la leur, qui venait de toucher cette main de femme vénérée, sur laquelle ils n'eussent osé poser leurs lèvres.

— Claire, avez-vous parlé de moi ?

La fine silhouette de Blanche Carly se penchait vers Claire Roland, lui rappelant qu'elle avait promis, un jour, de pressentir François Gilbert au sujet de la jeune fille.

Très forte, courageuse, puisqu'elle était résolue, Claire répondit :

— Pas encore, mon petit ; mais notre entretien n'est point terminé. Je vais retourner auprès du lieutenant.

— Savez-vous qu'il s'en va dans huit jours ?

Non, Claire ne le savait pas ; le lieutenant n'avait rien dit. Mais cela devenait une raison de plus de prononcer des paroles définitives. Et, puisque M¹¹ᵉ Joannet ne rentrait qu'après le dîner, mieux valait en finir, malgré les curiosités éveillées par ce tête-à-tête qui se prolongeait.

— Ne vous en préoccupez pas, Claire ; vous savez bien que tout le monde nous est sympathique. M¹¹ᵉ Joannet elle-même, si elle vous voyait causer avec le lieutenant, se montrerait très favorable, puisqu'elle y verrait une sécurité pour ses projets personnels.

Claire eut un sourire un peu bizarre !

— Ah ! oui !... Le capitaine !

— L'avez-vous vu, tout à l'heure ? Il vous regardait.

— Il regardait surtout dans la salle. Mais c'est dans son rôle, de venir ainsi jeter un coup d'œil à l'improviste.

— Il y a coup d'œil et coup d'œil. Le capitaine est entré ici, par deux fois, après vous avoir vue en compagnie du lieutenant. Et il était si nerveux, ce bon capitaine, qu'il a bousculé un où deux Arabes à cause de pelures d'oranges laissées sur leurs tables.

— L'habitude du commandement : il traite les hommes comme un soldat qui s'adresse à des soldats.

— Et nous, avec qui M. Geoffroy est toujours si gentil ! Il nous a dit en prenant une grosse voix : « Mesdemoiselles, ces tables sont très mal tenues ! »

— Ce n'est pas bien méchant ! Et si c'était vrai !

— Tout de même ! Pour un homme si aimable ! Ah ! Claire ! Vous lui faites du chagrin ! Et pas à lui seulement, pour mon malheur ! Ah ! vous êtes heureuse, vous ; on vous aime !

— Petite folle ! se récria Claire Roland, tandis que tout bas, elle ajoutait : « Ce n'est pas du bonheur qu'être aimée quand on ne peut aimer soi-même. »

Lentement, elle rejoignit François Gilbert, demeuré devant une large fenêtre qui envoyait la clarté d'une belle journée de fin d'hiver. Le ciel avait la limpidité des jours de printemps ; les arbres de grands jardins, qu'on voyait de tous côtés, brillaient aux extrémités de leurs fines branches, déjà bouillonnantes de sève réveillée.

— Vous voici, fit-il tristement.

Il s'assit près d'elle. Une seconde, ils se regardèrent.

— J'ai vu la petite Carly, commença Claire. Quelle femme idéale elle fera !

François crut comprendre une intention :

— Pourquoi, idéale ? demanda-t-il d'un ton indifférent.

— Parce qu'elle sera, entre les mains d'un mari supérieur à elle, cette pâte façonnable à laquelle les hommes tiennent tant.

— Oh !... Qu'en savez-vous, si tous y tiennent !

— Et ils ont raison. Quand l'homme a certaines qualités, la femme n'a pas besoin de personnalité.

— Vous vous moquez. Mais laissons Mlle Carly et les dissertations. Vous a-t-on dit qu'on m'évacue dans une huitaine ?

— Blanche vient de me l'apprendre. Où vous envoie-t-on ?

— On me propose pour une convalescence de deux mois. Les majors apprécieront là-bas, à Clignancourt, où je dois aller, comme tout le monde. En tout cas, j'aurai une convalescence, et comme j'habite Paris, je reviendrai vous voir.

Claire ne répondant pas qu'elle en serait heureuse, il ajouta vivement :

— Alors, voilà ce que je voulais vous dire. Nous ne pouvons terminer aujourd'hui cet entretien. Voulez-vous réfléchir à ce que je vous ai dit et vous me répondrez lors de notre première et prochaine entrevue ?

Claire Roland ferma les yeux. Un choc très doux faisait vibrer ses nerfs. Ainsi, ce bonheur dont parlait la petite Blanche, ignorante, mais intuitive, ce bonheur était en sa possession, si elle le voulait prendre ! Elle n'avait qu'à dire un mot !

Pourtant, elle ne sentit pas ce vertige qui, chez les êtres passionnés, aveuglés pour un temps, fait taire la raison et accepte la folie comme main directrice. Trop clairvoyante pour se tromper, trop raisonnable pour agir contre sa raison, elle luttait, certes, mais en sentant bien qu'elle allait triompher.

— Mieux vaut que je vous donne dès ce soir cette réponse.

Le ton qu'elle avait pris était calme exagérément ; François y fut pris et s'en alarma.

— Je vois cela ; vous me repoussez !

— Pourquoi employer un si vilain mot, alors que, tout au contraire, je vous offre mon amitié, une amitié solide et sincère ?

Il eut ce geste de mépris de tous les amoureux au mot d'amitié :

— Je sais trop ce que signifie une telle offre, dit-il avec brusquerie. L'amitié, dans ce cas, c'est le hochet qu'on donne à l'enfant qui demande à boire.

Un peu de silence tomba. Claire ne savait plus que dire à ce révolté qui n'acceptait pas la défaite. D'ailleurs, elle était bien émue elle-même.

Tout à coup, François eut comme un éclair subit d'inspiration :

— Je comprends !... Vous avez une pensée que vous n'osez dire ! C'est l'histoire de cette lettre d'autrefois, de cette femme...

Il paraissait heureux, soudain, à l'idée que le refus de Claire Roland s'appuyait sur de sérieuses raisons qu'il pouvait détruire d'un mot. Et il continuait vivement :

— C'était de ma part une de ces erreurs qui n'ont d'excuse que dans la jeunesse, et que l'on ne tarde pas à regretter. Je vous jure que tout cela est fini et n'a aucune importance, non seulement à mes yeux, ce qui ne suffirait pas, mais aux yeux même de cette femme...

Claire Roland étendit la main pour interrompre la confidence qui, à la fois, gênait sa délicate réserve et ravivait un souvenir pénible.

— Je vous en prie, fit-elle, laissons ces détails de votre vie privée.

— Mais vous avez le droit de les connaître !

— Non... Je m'y refuse. Et, d'ailleurs, je n'ai pas à les connaître, puisque nous devons renoncer...

Une sorte de gémissement lui coupa la parole :

— Oh !... Vous avez dit : nous devons ! Nous devons renoncer ! Ne voyez-vous pas que ces mots sont comme un aveu, et que vous témoignez ainsi que mes projets ne vous offensent pas !

— Ai-je dit qu'ils m'offensaient ? Écoutez bien, lieutenant...

D'une voix sourde et brusque, il murmura :

— Qu'écouterais-je, si vous ne me dites pas les mots qui consentent ? Vous voulez raisonner, et moi, je n'ai rien à répondre que ceci : je vous aime !

Claire Roland eut un battement des paupières qui fit vibrer ses longs cils et paraître ses yeux très grands. Les mots magiques, les mots éternels, ces mots à qui le millénaire usage n'a rien ôté de leur valeur, venaient de chanter pour la première fois à ses oreilles charmées. Cette valeur se trouvait encore accrue par des circonstances exceptionnelles, et ces mots, prononcés par un officier français blessé au champ d'honneur, par un de ces héros à qui le pays devrait sa liberté et sa gloire, ces mots-là devenaient plus prestigieux, plus magiques qu'ils ne le sont déjà.

Doucement, Claire Roland répondait :

— A votre âge, on ne doit faire qu'un mariage d'amour. Mais moi, je me sens vieille. Je ne vibre pas à votre unisson.

— Qu'importe ? J'aurai de l'enthousiasme pour deux !

— Non. Vous seriez malheureux, et je souffrirais de votre souffrance !

— Donner du bonheur suffit aux âmes d'élite, et vous êtes de celles-là.

Plus il la réfutait, plus Claire s'affermissait

dans sa résolution. Cependant, elle n'était plus aussi certaine d'être dans le vrai et d'agir pour le triomphe de la plus grande raison.

Des allées et venues vinrent déranger leur solitude. Les trois autres officiers réintégraient la salle. Claire se leva :

— Je vous quitte. Vous réfléchirez et vous verrez que j'ai raison.

Le visage de François Gilbert se contracta si douloureusement qu'elle en fut émue.

— Il ne faut pas prendre les choses au plus mal. Vous n'êtes plus raisonnable du tout !

Le jeune homme eut un geste de prière, à peine ébauché, mais qu'elle comprit :

— Quittez-moi, fit-il d'un ton qui implorait ; mais promettez-moi de bien peser toutes vos pensées, et de me dire le résultat... voyons... je pars samedi. Eh bien ! dès le lendemain dimanche, j'aurai obtenu une permission pour venir. Et j'entrerai dans votre salle...

Elle voulait répondre. Il ne lui en laissa pas le temps et dit très haut, lui tendant la main :

— Alors, au revoir, mademoiselle. Et merci d'être venue me faire une dernière visite. Samedi matin, j'aurai l'honneur d'aller vous présenter mes hommages.

Claire Roland redescendit, négligeant de voir Blanche Carly dont le puéril désespoir lui paraissait chagrin d'enfant, en regard de sa propre douleur. La tentation du bonheur, même fragile, la hantait. Quelle femme n'a désiré connaître le bonheur, ne fût-ce que pendant quelques heures et dût-elle le payer d'années entières de larmes ?

Mais les unes ferment les yeux et se laissent entraîner, jusqu'au réveil si dur, qui fait tant de mal qu'on en souffre toujours.

Les autres, plus fortes, douées de prescience et sachant entrevoir l'avenir, luttent et résistent au charme. Elles acquièrent la paix immuable au prix d'un sacrifice dont elles se consoleront parce que, précisément, elles auront eu la force de ne point porter la coupe à leurs lèvres.

XXVII

Dans cette tourmente intérieure qui bouleversait sa vie, Claire Roland avait, du moins, une certitude : ne pas aller plus loin, si elle voulait demeurer forte. A son âge, elle avait acquis, tout en gardant l'admirable pureté de la jeune fille, cette expérience des âmes droites et réfléchies. Des confidences d'amies, des lectures intelligentes lui avaient tenu lieu d'expérimentation. Il ne lui restait qu'à toucher ces deux points extrêmes des amours humaines : la fugace joie et la douleur qui reste.

Mais, dès maintenant, elle savait que certains pas, faits en avant, entraînent jusqu'au bout. Il est des chemins dont on doit se détourner, si fleuris qu'ils paraissent, parce qu'on ne peut y reculer, dès qu'on s'y est engagé. Il est des chagrins d'amour qui se peuvent consoler et « durent toute la vie ». C'est ceux qui sont nés d'une simple déception, d'une déconvenue, d'une erreur réparable. On en souffre, mais on guérit. Si l'on a donné plus de soi-même, si l'on a dit certains mots, permis certaines effusions, c'en est fait : on ira plus loin toujours, ou bien l'on se brisera le cœur.

« Je ne le reverrai que samedi, pour son départ. Nous nous dirons au revoir ; mais dimanche, il ne me trouvera pas. »

Elle eût désiré un conseil éclairé. A qui le demander ? Ses parents étaient trop sensibles à tout ce qui touchait leur fille, et leur tendresse avait des susceptibilités intransigeantes. Se confier à eux comme elle l'eût souhaité pouvoir le faire était impossible. Le trouble, une perturbation totale de la familiale existence eussent été les moindres résultats d'une telle confidence.

Un instant, — mais elle trouva tout de suite l'idée folle, — elle pensa au capitaine Geoffroy. Il était de ces hommes dont l'aspect seul fait naître la confiance ; son calme bon sens était clairvoyant. Mais était-il désintéressé dans l'espèce ? Aurait-il le sang-froid qui permet de juger ? Tout le monde, autour d'eux, affirmait que le trésorier « pensait » à l'infirmière. Etait-ce vrai ? En tout cas, la sympathie très affectueuse qu'il lui témoignait pouvait le rendre partial. Sa froideur récente semblait révéler autre chose que de la sympathie.

Claire devait garder le secret et le trouble de son cœur. Elle ne trouverait qu'en elle-même la lumière et la force, avec l'aide de Dieu, qu'elle implorait.

La force, elle pensait bien la posséder ; mais la lumière ? Etait-elle certaine d'agir pour le mieux en désespérant ce jeune homme épris d'elle ? S'il devait être heureux par elle, pourquoi renoncer elle-même au bonheur ? En admettant que ce bonheur fût de courte durée pour Claire, si François le gardait, est-ce qu'il ne méritait pas ce sacrifice ? Comment lui ferait-elle jamais comprendre que son immolation était nécessaire ?

La tentation était forte ; mais la raison put se faire entendre.

Précisément, François ne pourrait être heureux en épousant Claire Roland : celle-ci en était certaine, absolument. Le même époux, avec le même âge, mais douze ans plus tôt, alors que Claire, toute jeune fille, pouvait encore confondre l'amour avec l'exaltation et décider de toute sa vie d'après quelques mots enflammés, le même époux eût été sans doute un mari digne d'être choisi. Il était de ceux qui, aimant à être obéis, même dans leur tendresse, doivent chercher femme parmi les toutes jeunes filles dont le caractère se ploie comme ces frêles rosiers que le jardinier change de forme à son gré.

Maintenant, c'était trop tard. Claire ne pourrait plus. Eût-elle, d'ailleurs, jamais été capable de se transformer ainsi ? Non, sans doute...

— Vous êtes là, mademoiselle Roland ?

Derrière le paravent qui entourait la porte d'entrée, le trésorier s'était arrêté.

— Je suis là, capitaine. Veuillez donc entrer.

M. Geoffroy s'avança, réservé, volontairement distant. Claire ne l'avait point vu de si près depuis un certain temps. Il lui parut maigri, changé.

— Est-ce que vous êtes souffrant ?

Il eut un sourire forcé :

— Non, merci. Je viens récapituler les noms de vos hommes qui partent samedi. Trois, je crois ?

Il compulsa des papiers, prit des notes.

La petite salle était vide, tous les militaires, devenus au moins convalescents du dernier degré, prenant l'air dans la cour ou étant sortis pour une promenade.

— Voilà qui est fait, dit le capitaine en regagnant la porte, à la fois hâtif et comme à regret. Je vous remercie, mademoiselle. Vous voudrez bien, dès demain matin, vous assurer que les partants ont tous leurs effets, leurs musettes, tout ce qu'ils avaient à l'arrivée. Et puis demain, veille du départ, pas de sortie !

Il disait tout cela d'un ton bourru, en regardant un point quelconque, comme s'il n'osait poser ses yeux sur le visage de l'infirmière. Celle-ci, d'une voix exagérément soumise, répondait, prenant l'attitude militaire et esquissant le geste du salut :

— Oui, mon capitaine !

Alors, il la regarda, l'air de s'éveiller :

— Vous vous moquez de moi ?

— Oh ! comment pouvez-vous dire ?

— Si. Et vous avez raison !

Oui, décidément, il était maigri, l'ancien officier dont le regard câlin avait impressionné Mlle Joannet. Il venait de redresser son buste un peu penché, sa tête pesamment inclinée par quelque peine. Sa physionomie énergique et bonne, à la fois tendre et un peu rude, éveillait vraiment la sympathie.

Claire, doucement, demanda :

— Vous allez me dire pourquoi vous me boudez ?

— Je ne vous boude pas, mademoiselle !

— Mais si ! vous étiez très affectueux, un vrai ami. Vous êtes froid, indifférent. Vous avez une raison.

— En effet. Et mieux vaut vous la dire. Vous auriez dû la deviner. Il y a de mauvaises langues, dans cette maison. Je dois me tenir sur la plus grande réserve. Voilà tout !

Gênée, Claire se taisait :

— Vous comprenez, poursuivit M. Geoffroy, je ne veux pas plus vous compromettre que me rendre ridicule.

L'infirmière le regarda, surprise.

— Mais oui, ridicule, fit-il avec brusquerie. Un homme qui s'entête à offrir ses hommages, même quand il sait qu'il est importun...

Il avait l'air si affligé que Claire en fut touchée :

— Vous ne m'avez jamais importunée, capitaine, dit-elle doucement. La meilleure preuve, c'est que je me sens inquiétée de votre changement d'attitude et que je vous en ai demandé la raison.

— Possible. Mais les bonnes langues ne savent pas cela ; on se moquait de moi parce qu'un autre à votre très évidente sympathie.

— La sympathie ?... N'est-ce point un sentiment très permis ?

— Certes ! Et j'aurais dû dire un autre mot...

— Ne le dites pas !

Elle avait esquissé le geste qui demande le silence. Son émoi revenait, à ces paroles qui ravivaient ses préoccupations.

— Capitaine, fit-elle tout à coup avec ce bel élan qu'elle prenait souvent dans les circonstances difficiles, si je vous demandais un avis d'ami, de grand ami à qui l'on se fie absolument ?

— Je suis très flatté... Vous m'honorez beaucoup.

Soudain, Claire précisa :

— Le lieutenant Gilbert voudrait m'épouser. Me conseillez-vous d'accepter ?

Elle vit bien que le visage de M. Geoffroy se tirait, comme sous l'influence de la fatigue.

— Je ne le connais pas, moi, fit-il avec humeur.

— Supposons qu'il a les qualités essentielles. On connaît si peu ceux et celles qu'on épouse ! Faisons-lui crédit et jugez d'après ce que vous savez.

Consciencieusement, le capitaine énuméra :

— De l'avenir, officier de valeur... Je crois vous l'avoir dit, lors de son arrivée. Si la guerre l'épargne, il en reviendra capitaine ; ce sera un avancement superbe. Si vous aimez les militaires...

Il feignait de rire. Claire l'arrêta :

— Vous savez mon âge, je crois ? Eh bien ! J'ai deux ans de plus que le lieutenant. Cela me paraît un obstacle insurmontable.

— Pourquoi ? Dans nos campagnes, c'est un cas qui se présente souvent.

— Il en va autrement à la ville. J'ai là-dessus une opinion très arrêtée. Et puis, M. Gilbert n'a pas mes idées. Il a fait des progrès, cependant...

— Je crois bien ! Il entre à la chapelle... quand vous y êtes !

Très grave, Claire interrompit :

— Si vous le prenez sur ce ton, capitaine, nous ne pourrons continuer.

Une véritable souffrance se peignit sur les traits de M. Geoffroy. D'une voix toute changée, son regard tendre et timide posé au loin, il murmurait :

— Ne continuons pas, alors. Il m'est impossible de m'exprimer librement là-dessus. Vous agirez selon votre goût. Vous n'avez que faire de mon avis. Je ne suis pas assez désintéressé dans la question pour vous le donner en toute liberté d'esprit. Au revoir, mademoiselle ; excusez-moi de vous avoir dérangée.

Il sortit rapidement, le dos voûté. Claire entendit son pas régulier sonner sur les pavés de la cour, se perdre sous la voûte qui menait vers le bâtiment où se trouvait son bureau.

Elle demeura seule, rêveuse, troublée. L'aveu était fait. Le capitaine s'était déclaré de manière à laisser à Claire toute sa liberté d'allures ; elle pouvait sembler n'avoir pas compris une déclaration formulée en termes aussi voilés.

Mais le fait était là : deux hommes l'aimaient. Sa sympathie allait, différente, à chacun d'eux. Pourtant, c'était son cœur tout entier, son tendre cœur de femme qui tressaillait à la pensée de François Gilbert.

XXVIII

JE sais ce que je ferai, pensait, la nuit suivante, Claire Roland qui ne dormit guère. « Je vais demander à partir, à m'en aller vers un poste peu recherché, dans un hôpital militaire, par exemple. »

Elle connaissait des femmes qui s'en étaient allées de la sorte et servaient, actuellement, dans des formations militaires où elles avaient un travail accablant et se trouvaient au dur régime des infirmiers-soldats. Elle avait des amies qui voyageaient dans les trains sanitaires ou dits tels, au milieu des blessés arrivant du front, et qu'il fallait soulager dans les conditions les plus pénibles et les moins commodes.

Elle-même, d'ailleurs, eût aimé remplir l'une de ces difficiles fonctions. Dès le début de la guerre, son élan l'eût portée vers les postes les plus périlleux des pays de frontière ; mais on est souvent pris entre des devoirs différents, et Claire avait éprouvé ce tourment de ne pouvoir suivre le désir de son cœur généreux sans désoler sa mère au point de la rendre malade.

« Maintenant, je partirai. Si maman est toujours aussi craintive, je demanderai à m'en aller vers la Bretagne ou le Midi, loin de la guerre, mais dans des hôpitaux où abondent malades et grands blessés. »

Comme conclusion, elle ajouta :

« Et je n'épouserai pas plus M. Geoffroy que le lieutenant Gilbert. »

La tentation revenait, pourtant, de confier le bonheur de sa vie à François, tout en sachant bien par avance qu'il serait le mauvais pilote, non seulement incapable d'éviter l'écueil, mais donnant tout droit sur les récifs.

« L'amour serait donc tout l'opposé de la raison ? Et ce serait donc de l'amour, ce que je ressens pour François ? »

Comparant avec le sentiment que lui inspirait M. Geoffroy, elle se rendait compte de toute la différence qui existait entre ce qu'elle croyait naguère encore n'être que deux sympathies.

Celui-là serait le bon pilote. Elle comprenait qu'avec lui elle serait heureuse, parfaitement, sans orages, sans secousses. Elle ignorerait les transports, les grands bouillonnements de la tendresse qui s'exalte ; mais elle connaîtrait le charme très doux de la tendresse confiante et sûre. Et puisqu'il faut toujours ignorer quelque chose, puisqu'on ne peut tout savoir, tout éprouver, tout ressentir, ne valait-il pas mieux ne connaître que la paix tranquille et les douces joies du foyer ?

Blanche Carly entra, le samedi, dans la petite salle de Claire Roland.

— Vous savez qu'il revient demain ? Il me l'a dit en partant.

— A moi aussi ; mais je ne le verrai pas.

— Oh ! pourquoi lui faire ce chagrin ?

Claire attacha son beau regard droit sur le visage un peu mièvre de Blanche.

— Ne comprenez-vous donc pas, petite enfant, qu'on ne doit point laisser certaines situations durer, ni permettre à la moindre équivoque de naître, dès qu'il s'agit d'aussi délicates affaires ?

Une inexprimable joie se lut dans les candides yeux bleus.

— Oh ! chère, chère Claire ! Ma grande amie ! C'est donc bien vrai ? Vous ne voulez pas l'épouser ?

— Non. Je ne veux pas !

— Alors...

Elle s'arrêtait, au seuil d'une grosse difficulté.

— Alors, vous ne l'aimez pas ?

Claire tressaillit, craignit de rougir ou de pâlir, de trahir son angoisse par quelque signe extérieur.

— Vous ne l'aimez pas, au moins ?

Cet *au moins*, prononcé d'un ton angoissé, rendit toute sa force à Claire Roland, et ce fut d'un ton assuré qu'elle répondit :

— Non, Blanche, je ne l'aime pas !

Ce mensonge prononcé, elle eût désiré se trouver seule, ne plus être tenue à parler. Pleurer, peut-être... Oui, sans doute.

Mais Blanche, ingénument indiscrète et impitoyable, demandait :

— Alors, vous épouserez le capitaine ?

Claire allait protester ; cependant, elle ne formula aucune pensée. Un peu sévère, quoique douce et maternelle, une main sur l'épaule de la jeune fille, elle disait :

— Laissons mon avenir, ma bonne petite. Il me préoccupe moins que le présent. Songeons à nos devoirs, à notre mission. Songeons à la France.

Une jolie roseur monta aux joues pulpeuses de celle que tout le monde appelait « la petite Carly ».

— A la France, oui, certes ! Et c'est songer à elle que de penser à fonder un foyer, une famille !

Extasiée devant son rêve de bonheur, elle murmurait comme en prière :

— Etre la femme d'un de ces braves qui auront sauvé la patrie au prix de leur sang ! N'est-ce pas partager soi-même cette gloire ? Et l'aimer assez pour le récompenser de toutes ses peines !...

Claire sourit tristement.

— La récompense du soldat, c'est son devoir accompli noblement, petite Blanche. Vous parlez comme une jeune fille ignorante; mais ces braves parlent comme des hommes.

Blanche Carly se rapprocha de Claire, pour baisser encore la voix.

— Dites... Croyez-vous qu'il pensera à moi ? Comment savoir ?...

— C'est là des choses qui ne sauraient se demander, enfant que vous êtes ! Sachez attendre...

Blanche parut vouloir pleurer.

— Attendre !... Attendre quoi ? Est-ce qu'il ne me connaît pas assez ? Est-ce que, pendant tous ces mois, il n'a pas eu le temps de me juger ?

— Eh bien ! laissez-lui aussi le temps d'apprécier, de réfléchir. Il a autre chose en tête pour l'instant, voyons. La guerre passe... Oubliez-vous cela ? Cet homme dont vous faites le centre de votre vie, c'est un de ceux qui combattent dans l'effroyable mêlée. Combien en reviendront, Blanche, avez-vous songé à cela ?

La jeune fille eut un geste d'effroi.

— Ne pensons pas à cette affreuse chose, Claire !

— Pensons-y, au contraire, Blanche ! Remettez à plus tard la réalisation de vos espoirs d'avenir ; attendez que la guerre nous permette de faire des projets.

Mais la jeune fille s'énervait.

— Cela vous est facile à dire, à vous qui ne l'aimez pas ! On voit bien que vous ne savez pas ce que c'est qu'aimer !

— Non... Je ne sais pas !

— Alors, vous me donnez des conseils impossibles à suivre ! Comment ! Il faut que j'attende, que je n'y pense plus, alors qu'il va me quitter, que, même la guerre finie, je ne le reverrai pas, et que c'est demain, oui, demain, ma dernière chance de savoir !

Cette fois, elle pleurait. Claire la gronda doucement.

— Décidément, Blanche, vous n'êtes pas raisonnable ! Finissons une bonne fois la discussion de ce sujet. Si M. Gilbert pense à vous, l'absence ni le temps ne l'empêchera d'y penser. Dans le cas contraire, nous ne saurions le forcer à rien. S'il vous aime, il sait où vous retrouver ; sinon, que voulez-vous ? Nous ne pouvons rien changer à son cœur. L'amour ne naît pas sur commande ni par ordre, ma chère, vous oubliez cela !

Très grave, d'un ton ferme, Claire ajouta :

— Ne me parlez plus de lui, Blanche, car je ne vous écouterais plus. Nous avons autre chose à faire, vous et moi. Je vous répète que je n'épouserai jamais le lieutenant Gilbert : cela doit vous suffire pour le moment. Je ne puis vous rien dire d'autre. Et maintenant, ma chère, allons travailler !

Ainsi congédiée doucement, Blanche sortit. Claire, restée seule, gagna le fond de la salle, et, douloureuse, bouleversée, elle pleura.

Mais les malades rentraient : il lui fallait cacher ses larmes ; elle ne pouvait même soulager son pauvre cœur trop lourd.

Cette dure contrainte était une peine de plus, un sacrifice à ajouter à tous les autres. Ne fallait-il pas offrir une victime propitiatoire sur l'autel de la patrie ? Les hommes immolaient leur vie ; les femmes immolaient leur cœur.

XXIX

E samedi soir, Claire Roland prévint son chef de service, Mme Dumont, qu'elle ne viendrait pas le lendemain dimanche.

— Mon infirmière assurera le service ; d'ailleurs, il n'y a que des convalescents dans ma salle, et ils seront au cinéma, tous, de deux heures à six.

Mme Dumont ne pouvait refuser : Claire Roland avait été l'une des plus quotidiennement assidues, présente du matin au soir.

Son absence ainsi organisée, Claire sentit une infinie détresse d'âme. Il n'est pas toujours exact que les résolutions prises, en nous libérant de l'incertitude, soulagent nos âmes qui hésitaient. Le plus souvent, ces héroïsmes intimes déchirent et meurtrissent ceux qui les accomplissent.

Dès le vendredi, Claire avait écrit à François, encore présent à l'hôpital. Elle lui traçait, en quelques lignes, sa volonté et la conduite qu'il aurait à tenir :

« Je puis vous donner tout de suite la réponse que vous m'avez demandée pour dimanche, lui disait-elle. Cette réponse est absolument négative, et vous ne devez y voir que mon désir de ne rien changer à l'état actuel, qui me convient et me conviendra sans doute toujours. Dimanche, je ne viendrai pas à l'hôpital. Plus tard, quand vous aurez le loisir d'établir votre existence, après y avoir mûrement réfléchi, vous apprécierez que j'eus raison. Puisse Dieu vous garder, rendre votre bras victorieux et vous éclairer sur le chemin à suivre ! »

Elle avait mis cette lettre dans la boîte de l'hôpital ; puis, quand les soldats furent réunis dans la cour, au moment du départ, le samedi matin, elle évita de se montrer, car François Gilbert, qui partait seul vers la même heure, pouvait passer d'un moment à l'autre.

Sans y paraître, elle l'avait guetté. Son infirmière lui avait dit tout à coup :

— Tiens ! le lieutenant Gilbert qui s'en va ! Il ne vous a donc pas dit au revoir ?

— Mais si... répondit Claire en se détournant pour ne pas montrer, sur son fin visage, l'image de la douleur qui passait.

Quant à François, elle avait bien vu que sa figure était mauvaise, sombre. Les yeux couleur d'ardoise, qu'elle ne pouvait distinguer, devaient avoir pris leur dur reflet métallique.

Un moment, elle avait craint et espéré, tout à la fois, qu'il entrerait, qu'il ne partirait pas sans la revoir.

Mais il avait passé, d'un pas de colère.

Il lui en voulait ; il ne lui pardonnerait pas. Peut-être qu'il la haïssait, qu'il emportait contre elle une de ces rancunes d'homme déçu qui se venge en jetant sur la femme aimée et perdue l'injure du mépris ?

« Une coquette ! pensait-il sans doute. Une de ces créatures qui savent bien leur puissance et leur charme, et qui s'en servent pour désespérer les naïfs ! »

Cette insupportable idée tenaillait Claire Roland ; elle eût voulu avoir la certitude que François garderait d'elle un souvenir pur et très élevé.

« Après la guerre... »

De nouveau, son pauvre cœur chevauchait la chimère rose qui aide à vivre aux heures trop dures.

Mais pourquoi s'attarder aux rêves qui ne seraient jamais réalisés ?

Là-bas, et ce là-bas était bien proche, la bataille gigantesque durait toujours. Nos fils et nos frères, nos époux, tous ceux qu'on aime et dont le nom est inscrit dans un cœur de femme, tombaient au champ d'honneur, pour la patrie ! Et cette pensée défendait les autres pensées. Le vent, en passant sur les branches des arbres que le printemps s'apprêtait à rajeunir, semblait murmurer dans un souffle : « J'ai vu nos soldats, de tout âge et de tout grade ; j'ai vu les jeunes, presque enfants, et les hommes mûrs, dont certains paraissent déjà des vieillards. J'ai vu le généralissime qui porte à lui seul l'écrasante responsabilité, et dont le commandement tient tant de vies dans un geste. Et j'ai vu les jeunes officiers pleins d'audace, aux impatients galons, et les soldats obscurs, les riches et les pauvres, les jeunes gens instruits et les ignorants. J'ai vu la France debout et en armes, nos villes bombardées, nos trésors perdus, nos villages en feu, mis au pillage ; j'ai vu les mères, les femmes, les aïeules courbées fuyant en serrant contre elles leurs enfants, le seul trésor qu'elles songeassent à emporter. J'ai vu tout le courage, tout l'héroïsme, toute la douleur supportée. Et j'arrive, moi, le vent rapide, pour dire qu'il faut continuer, qu'il faut rester debout, pour vaincre ! »

Claire Roland, peu à peu, se refroidissait. Tout ce qu'elle avait voulu donner pour la patrie blessée, elle le retrouvait intact. Comment croire, d'ailleurs, qu'elle l'eût jamais perdu ? Est-ce parce que son cœur de femme avait vibré que son cœur de Française valait moins ?

Le capitaine, justement, venait de lui adresser un amical reproche. L'excellent M. Geoffroy avait cessé de « bouder » Claire. Sans doute avait-il reconnu que son attitude manquait de grandeur. Un homme de son âge, un ancien officier allait-il se comporter à l'instar d'un amoureux éconduit ?

Un peu de mélancolie, oui. Le cœur reste si longtemps jeune, chez certaines gens, chez les meilleurs, peut-être ! Mais enfin, M. Geoffroy avait accompli sa tâche. A la frontière, son gendre, l'époux tendrement chéri de sa fille, combattait rudement. Allait-il, lui, le soldat vieilli, occuper ce temps à ce qu'il appelait tout bas, sans conviction, « la bagatelle » ?

Bagatelle, l'irrésistible penchant qu'il éprouvait

— *Tout à coup Claire tressaillit.* (p. 48).

pour Claire Roland, cette femme qui réalisait dans toute sa personne morale comme dans sa personne physique, ce que le bon capitaine appelait non pas l'éternel, mais l'idéal féminin ? Bagatelle, ce désir de fonder un nouveau foyer, peut-être tardif, mais d'autant plus sérieux et bâti sur des bases solides ? Pourquoi n'aurait-il plus le droit d'être heureux, non avec cette impétuosité de la jeunesse, mais avec l'émotion doucement émue de la réflexion et de l'expérience qui consent ?

Le capitaine soupirait : Claire Roland ne songeait pas à lui ! Un petit blanc-bec à deux galons n'avait eu qu'à paraître pour bouleverser ce cœur pourtant raisonnable.

« Moi, songeait amèrement M. Geoffroy, je suis ridicule ! J'ai éveillé la tendresse de cette espèce de dragon-femme qu'est Mlle Joannet ! La belle conquête, qui me rend grotesque ! »

Il avait fait un effort pour reprendre son attitude de naguère envers Claire Roland, effort dont il bénéficia tout de suite, car l'infirmière, rassurée sur ses desseins, lui redonnait sa confiance.

Cependant, un peu d'amertume persistait dans ses propos. Il discutait les paroles de Claire ; presque, il l'attaquait.

— Vous comparez les petites défaillances des individus aux crimes des collectivités ! s'écria-t-il un jour où l'infirmière, un peu paradoxale, à la vérité, expliquait les atrocités allemandes par la méchanceté inhérente à la nature humaine.

Et il avait ajouté, la moustache agressive :

— Que sont ces vétilles, auprès de ce qui se
passe ? Vous savez que le « moi » est haïssable,
et vos propos sont remplis de votre « moi ».

Claire, piquée au vif, répliquait :

— Je pensais pouvoir vous parler comme à un
ami. Je ne m'occupais pas plus de mon « moi »
que le malade qui demande assistance. Je
souffre.

Elle avait à peine murmuré ces mots. Ils
émurent le capitaine.

— Vous souffrez ?... Et vous me demandez
secours ?

Le regard câlin l'enveloppait. Il s'en échappait
une infinie tendresse, calme, comme recueillie.
Ce n'était pas les yeux tout brillants d'amour
impérieux, d'amour tyran, dominateur, qui veut
asservir la créature aimée. Amour pouvant
engendrer la haine ; amour rempli de pièges et
d'écueils où se brisent les plus habiles. C'était
l'eau claire des frais ruisseaux dont le fond se
montre sans traîtrise.

Claire Roland sentait l'invincible charme d'une
telle tendresse. Elle eût voulu avoir le droit de
mettre, comme une enfant, sa tête sur ce cœur
paternel, et de s'y endormir après avoir soupiré
toute sa peine !

— Vous souffrez ?

Ils étaient seuls dans la petite salle silencieuse
où l'infirmière avait vécu des heures de pensée
si intense.

Le capitaine Geoffroy, doucement, étendit une
main vers la jeune fille. Son geste était timide et
semblait implorer que se tendît vers lui la main
qu'il n'osait prendre. Comme malgré elle, Claire
Roland la lui donna, dans un mouvement de
confiance abandonnée.

— Vous souffrez ? répéta M. Geoffroy d'une
voix sourde, dont l'émotion changeait le timbre.
Croyez-vous que je ne sois pas, moi aussi, très
malheureux ?

Claire le regarda avec des yeux qui semblaient
s'éveiller ; puis, ingénument égoïste, elle répondit :

— Vous, ce n'est pas la même chose !

— C'est différent, peut-être : ce n'est pas moins
dur, certainement.

Et comme il la voyait si abattue, si peu elle-
même, si désemparée, il continuait :

— Que ne puis-je vous aider à reprendre ce
beau calme, cette sérénité que j'admirais lors de
mon arrivée ! Alors, c'était bien vous ; mais
aujourd'hui, la tourmente a passé sur votre cœur.

Avec ferveur, il murmurait :

— Chère, chère âme !... Amie très chère !

Sa haute taille s'inclina comme en un salut
profond. Sa gaucherie avait fait place à une sorte
de grâce virile pleine de réserve qui le métamor-
phosait soudain. Doucement, avec une tendre
lenteur qui semblait à la fois savourer et redou-
ter, il posa un baiser respectueux sur la main
fine.

— Que ne puis-je vous exprimer toute la vénération, toute la tendre vénération que j'ai pour
vous ! Que n'ai-je le droit de vous protéger, de
vous défendre, d'être, à vos côtés, comme le chevalier qui avait pour devise : « Dieu, ma dame
et mon pays ! »

Claire leva sur le capitaine un regard surpris.
Ses paroles, le ton qu'il avait pris étaient choses
si nouvelles, si inattendues ! M. Geoffroy était
transfiguré ; sa belle taille se redressait, mettant
en valeur ses épaules larges, son visage frais et
sans ride, où la moustache courte, d'allure bien
militaire, avait encore des reflets blonds.

Très bas, il implorait :

— Voudriez-vous ?...

Comme elle se taisait, il demanda encore :

— Vous vous moquez de moi ? Je suis ridicule ?

Sans répondre, elle secoua la tête. Elle souriait doucement ; elle tenait un regard très affec-

tueux, très rassuré sur le mâle visage que le
doute altérait.

— Alors ?... Alors, vous consentiriez ?...

Claire retira sa main, si petite, si enfermée
dans la très grande main. Elle leva un doigt fin
qui imposait silence.

— Attendons, fit-elle simplement.

Il eut un mouvement de crainte.

— Attendre ?... Pourquoi ? Et attendre quoi ?

— Attendre parce que nous ne sommes sûrs
encore de rien. Attendre que nous ayons le droit
de penser à nous.

Avec vivacité, cette fois, il baisa la main qu'il
avait à peine effleurée tout à l'heure.

— Chère, très chère amie ! C'est vous qui me
rappelez à mon devoir ! Vous savez bien, du
moins, que je voulais reprendre du service, et
que j'attends toujours qu'on m'appelle, que je
l'espère toujours...

Le soldat réapparaissait, anxieux que la femme
aimée pût croire qu'il avait préféré le repos au
péril.

— Je sais, fit Claire. Je sais que vous êtes
brave, que vous êtes un vrai soldat... Vous avez
toute mon estime...

Très bas, elle compléta :

— Toute mon affection.

Puis, lui tendant la main dans un geste qui
congédiait :

— Mais attendons... Sachons attendre. Ne pensons qu'à la France. Quand nous aurons la victoire, il nous sera permis de songer à nous.

XXX

A la suite de tant d'émotions, Claire Roland
se sentait brisée. Le ressort de sa volonté,
n'ayant plus à la servir, se détendit soudain. Et un matin, comme elle s'apprêtait
à partir pour l'hôpital, elle ressentit un
tel malaise qu'elle faillit s'évanouir.

Par bonheur, sa petite salle venait d'être éva-
cuée ; Claire pouvait donc, en attendant que de
nouveaux malades lui fussent amenés, se permettre quelque repos.

Elle gardait la maison depuis quatre jours,
lorsqu'elle reçut une lettre dont l'écriture évoqua
tout de suite à sa pensée le souvenir du capitaine
Geoffroy.

C'était de lui, en effet. Après quelques paroles
aimables au sujet du malaise dont souffrait
Claire, il disait :

« Ma demande a été enfin accueillie. Je pars
pour reprendre mon grade dans l'administration
de l'Etat-Major. Je suis appelé à Epinal. La ville
est assez exposée pour que je ne paraisse pas
avoir cherché un poste de tout repos. En quittant
l'hôpital, mademoiselle, je n'emporte d'autre
regret que celui de ne plus vous voir. Mais si je
reviens, j'ose espérer que vous m'autoriserez à
venir vous présenter l'hommage de mon respectueux dévouement. »

Quelques jours plus tard, Claire Roland reprenait son service, un convoi de nouveaux malades
étant arrivé.

Une sensation d'immense solitude pesait sur
elle. Jamais elle n'eût pensé que la présence du
capitaine lui fût si douce, si nécessaire. Maintenant, Claire était seule, dans ces vastes bâti-
ments, seule au milieu de jalousies, de malveil-
lances. Mme Joannet, désespérée du départ de
M. Geoffroy, soulageait son cœur ulcéré en per-
sécutant ses infirmières et en disant du mal de
toutes les autres.

— Je m'en vais, déclara un matin Blanche
Carly qui, en effet, ne revint plus.

Mme Dumont, n'ayant plus personne devant qui
palabrer, car les autres messieurs « du bureau »
ne comptaient pas pour elle, devenait d'une ner-

vosité agressive qui attaquait tout le monde. Les personnes de son service se plaignaient amèrement de son humeur, de son autoritarisme arbitraire.

Jusqu'aux militaires, si complaisants, si disciplinés, qui paraissaient l'être moins depuis qu'ils ne recevaient plus, deux ou trois fois le jour, la visite de celui qu'ils saluaient militairement en disant : « Mon capitaine. »

Une période de lourde tristesse commença pour Claire Roland. Là-bas, sur la ligne de feu, François Gilbert risquait sa vie dans des combats furieux. Peut-être même, désespéré, cherchait-il la mort en se lançant dans les plus audacieuses imprudences ? Peut-être était-il mort déjà ?

Comment l'eût-elle appris ?

François n'écrivait pas. Fièrement, il se taisait. Bien qu'elle eût renoncé à lui, du moins elle le croyait, Claire ne trouvait à ce silence que les plus désolants motifs : « Où il m'oublie, ou il est mort... »

Du capitaine, Claire Roland recevait assez régulièrement une bonne lettre, toute remplie d'affection simple qui ne craint pas de se révéler.

L'excellent M. Geoffroy avait adopté la meilleure attitude : il se montrait un ami, dans toute l'acception charmante de ce mot si souvent profané. Il avait trouvé indigne de lui d'employer les mesquins procédés, les manières de coquette qui veut paraître ne tenir à aucun hommage dans l'espoir d'en attirer davantage.

Et il trouvait aussi mal assorti à son caractère loyal de se montrer froid et solennel, de feindre d'ignorer, d'oublier qu'un jour il avait laissé comprendre à cette femme qu'il l'aimait, et que cette femme n'avait paru ni fâchée ni indifférente.

Mais lui aussi courait des dangers. Les barbares bombardaient les villes ouvertes, jetaient, du haut des airs, une pluie de feu sur d'innocentes victimes, sur les hôpitaux, les casernes. Et M. Geoffroy, précisément, était gestionnaire d'un hôpital.

Claire Roland connut l'anxiété de l'attente, quand une lettre espérée n'arrive point ; elle apprit le tourment de compter les longues heures dont sont faits les jours si longs, le supplice de la contrainte, qui lui infligeait de garder l'apparence du calme heureux.

Une lettre du capitaine vint la tirer de cette torpeur pénible.

« Vous m'avez dit : attendons. Je veux bien ; d'ailleurs, il le faut, nous le devons. Rien n'est à réaliser en ce moment, sinon la libération du pays, la victoire qui délivrera la patrie. Mais si je me sens la force d'attendre, je n'ai pas celle d'attendre sans rien savoir, ignorant de mon sort futur. Je saurai être patient ; je ne puis vivre en doutant. Alors, je veux demander votre main à vos parents, correctement. Mais écrivez-moi tout d'abord si vous y consentez. Sinon, je disparais à jamais. Vous ne me reverrez plus. »

Claire avait répondu :

« Je vous en prie, ne me forcez pas à prendre une décision dans l'angoisse où je vis. Attendez que nous ayons le droit de penser à nous. Mais vous pouvez faire votre demande à mes parents ; cette démarche me délivrera de certaines contraintes et me permettra de prendre conseil de ma famille. Leur réponse ne modifiera pas notre situation, puisque, certainement, c'est à moi qu'ils la demanderont. »

A cette lettre, Claire Roland reçut la tendre réplique du capitaine :

« Chère amie, très chère, merci d'ouvrir à mes yeux l'horizon de l'espérance. J'aurais voulu davantage ; je me contenterai de ces mots qui, du moins, me défendent pas d'attendre le bonheur. Mais quel réveil, si un jour vous me repoussiez ! Songez-y, amie très chère, et vous

qui êtes si bonne, vous entendrez ce que vous dira votre cœur. »

De nouveau, du temps passa, lent, lourd, dans l'atmosphère de cet enclos mélancolique. Les malades n'affluaient plus comme aux premiers temps. De petits blessés, des convalescents formaient la presque totalité des convois qui arrivaient. Mlle Kogan se lamentait, annonçant, chaque jour, son départ.

— Pas intéressants !... Rien à faire ici pour moi...

Quand même, elle restait attachée tout de suite à ceux qu'elle soignait, bien que leurs cas ne fussent d'aucun intérêt pour un médecin. Mais, sous ses apparences froides et détachées, elle avait un cœur sensible, et, dès qu'un militaire avait levé sur elle ses yeux confiants, elle se sentait incapable de l'abandonner.

Quant à Mlle Joannet, elle maigrissait et jaunissait et n'exécutait plus ses pansements avec ce tour de main supérieur qui lui avait valu les éloges et l'admiration du capitaine.

Jusqu'à Mme Dumont qui n'avait plus sa belle prestance. Souvent, elle oubliait d'épingler sur sa blouse la petite violette des palmes académiques dont elle pensait, naguère, éblouir ses visiteurs ; souvent aussi, elle négligeait de se parer d'un rabat ou d'une collerette dont elle aimait à tempérer l'austérité de sa blouse d'infirmière.

Chaque matin, Claire Roland, dès son arrivée et tout en vaquant aux premiers soins qui lui incombaient, prenait connaissance, à la hâte, du « communiqué » qui était devenu la seule lecture d'un grand nombre de Français.

Du communiqué, elle passait rapidement à la liste des « morts au champ d'honneur », et, tout en sachant bien que ces listes-là ne contenaient qu'une infime portion de la multitude glorieuse, elle se sentait, cependant, rassurée, dès qu'elle avait constaté que le nom de François Gilbert n'y figurait pas.

D'une main impatiente, elle ouvrait le journal ; son cœur battait. Toute la misère de sa situation montait en elle avec amertume.

Depuis que François était parti, depuis qu'elle le savait de nouveau exposé au péril, elle croyait l'aimer davantage. Pourquoi l'avoir laissé aller sans un mot d'espoir ? Ne voyait-elle pas, par elle-même, à quel point l'absence sans un mot consolateur est un effroyable tourment ?

Pourtant, dès qu'une lettre du capitaine Geoffroy se faisait attendre, Claire éprouvait une autre et différente inquiétude. Quand elle pensait à la mort possible de « son vieil ami », elle sentait son cœur se fondre, et la vie lui manquait. L'ancien officier était pour elle comme l'emblème de la protection, un autre père avec une autre tendresse. Le perdre, c'eût été rester seule, isolée pour toujours.

M. Geoffroy avait écrit aux parents de Claire, ainsi que celle-ci y consentait. Auparavant, elle avait mis son père et sa mère au courant, évitant, toutefois, pour leur épargner du tourment, de leur parler du lieutenant Gilbert.

M. Roland, de concert avec sa fille, avait répondu au capitaine dans l'esprit que Claire faisait prévoir à M. Geoffroy. Aucune réponse décisive ne pouvait être donnée ; Mlle Roland suppliait qu'on attendît.

La guerre passait... On s'occuperait de soi après la rafale.

Un matin, Claire Roland ne trouva pas tout de suite le temps de parcourir un journal. Ses malades s'étaient, eût-on dit, donné le mot pour l'accaparer. Chaque fois qu'ils étaient convalescents, s'acheminant vers la guérison, ils se découvraient ainsi de petits maux pour lesquels ils réclamaient le secours de leur infirmière. L'un souffrait d'une douleur ici et l'autre là ;

celui-ci avait « un clou » et celui-là mal à la gorge. Pendant leur séjour à l'hôpital, ils avaient appris l'existence et l'usage de médicaments jadis ignorés d'eux. Alors, l'un sollicitait un peu de teinture d'iode et l'autre un gargarisme. Claire allait de lit en lit, de chaise en chaise.

— Mes bons enfants, vous me prenez plus de temps qu'aux jours où vous étiez malades !

Dès qu'elle le put, Claire Roland feuilleta un journal.

La liste des « morts au champ d'honneur » ne contenait aucun nom qu'elle connût.

Elle passa à la quatrième page où l'on donnait, sur plusieurs colonnes de texte fin, les « citations à l'ordre du jour ».

Claire parcourait les lignes où se lisait la glorieuse énumération, ces actes d'héroïsme simple et sublime qu'accomplissaient d'humbles êtres qui, dans la vie, n'occupaient qu'une modeste place d'ombre, ou des hommes qu'on eût cru, soit frivoles, soit fragiles. Nobles actions, dignes de l'antiquité, et méritant d'être traduites, pour la jeunesse future, dans quelque « *De viris illustrissibus Galliæ* ».

Tout à coup, Claire tressaillit : un nom dansait sous ses yeux : Gilbert... Elle relut : Gilbert. Tant de gens portent ce nom ! Mais le doute était impossible : « Gilbert, François, lieutenant au ... régiment d'infanterie, Claire lisait avidement la suite, blessé en octobre dernier d'une balle au bras droit, a réintégré à peine guéri, son corps. A l'attaque du ... s'élance à la tête de sa Compagnie sur les tranchées ennemies ; malgré le feu terrible des mitrailleuses et le tir de barrage des 105, atteint la tranchée allemande avec une poignée d'hommes. Entouré personnellement et sommé de se rendre, décharge son revolver sur l'ennemi et tombe lui-même mortellement frappé. »

François Gilbert était mort, mort pour la patrie, tombé au champ d'honneur, cité à l'ordre du jour de l'armée.

Mort à cause de Claire, peut-être ? N'était-ce pas par désespoir qu'il avait joué si audacieusement sa vie ?

Claire Roland lisait et relisait la glorieuse et funèbre citation. « Malgré le feu terrible des mitrailleuses... »

Elle le voyait, ce jeune héros, furieusement lancé sur l'ennemi. Comme devaient être durs et courroucés les yeux aux reflets d'ardoises !

Avait-il eu, en mourant, cette dernière pensée qui s'envole vers les êtres aimés ?

Il était mort. C'était fini.

La porte s'ouvrit ; Blanche Carly entrait, les yeux rougis, la face décomposée.

— Claire ! Vous avez lu ?

Elle devinait que sa grande amie était devant elle, terrassée par la même douleur.

— Oui, Blanche. Je viens de lire cela à l'instant.

Elle montrait le journal, encore déplié devant elle. Blanche soupira :

— Oh ! c'est affreux.

— Ne le plaignons pas, Blanche : quelle plus belle mort peut désirer un soldat ?

Les jolis yeux clairs pleuraient, pleuraient des larmes brillantes, rondes, qui tombaient en pluie de perles. Et les yeux bleus semblaient des myosotis noyés d'eau pure.

— Mort !... Il est mort !...

Comme elles étaient seules, dans cet angle de la salle que des paravents dissimulaient aux yeux des malades, Claire embrassa longuement la jeune fille.

— Vous voyez bien que j'avais raison : nous ne devons faire aucun projet tant que dure la guerre. Et maintenant, ma bonne petite, venez avec moi. Allons à la chapelle prier pour lui.

— Claire, murmura Blanche en tamponnant ses pauvres yeux, vous n'avez pas autant de chagrin que moi. Ah !... vous ne l'aimiez pas comme je l'aimais.

Claire Roland sentit deux larmes cuisantes, montées de son cœur lourd, couler sur ses joues que de la fièvre rendait brûlantes.

— Ne comparons pas nos douleurs, fit-elle avec douceur. A quoi bon ? Chacun croit toujours souffrir plus qu'un autre. Venez prier, Blanche.

Dans la chapelle où, quelques mois plus tôt, Claire Roland avait rencontré François, on eût pu entendre, maintenant, le bruit à peine perceptible des pleurs de ces deux femmes, courbées par une même épreuve.

Mais tandis que Blanche Carly, ingénument, se plaignait à Dieu de trop souffrir et le suppliait de l'appeler à lui, ignorant qu'elle se consolerait vite de ce premier chagrin d'amour, Claire Roland, grave et forte, réclamait de la Providence le conseil qui dirigerait sa vie.

Et, tout en priant pour le héros mort qui avait éveillé son cœur, elle se sentait fière de sentir ce cœur pris entre deux sentiments qui n'en feraient plus qu'un désormais et l'attachaient à la fois à celui qui venait de tomber et à celui qui pouvait encore tomber pour la patrie, au champ d'honneur !

FIN

PROCHAIN OUVRAGE A PARAITRE :

JEAN LONGUES-JAMBES

par PIERRE ZACCONE

A une lieue de la ville de Morlaix, célèbre aujourd'hui par son viaduc, s'élève un modeste petit bourg que l'on appelle Locquenolé.

Une quarantaine de cabanes, bâties en amphithéâtre, sur le versant d'un coteau boisé dont les pieds baignent dans la mer, composent tout le village ; mais si l'aspect des maisons est généralement triste, si les habitants portent sur les traits hâlés l'empreinte des rudes fatigues du métier de gabariers qu'ils exercent, vu de la rade et des coteaux voisins, le groupe d'habitations de cette commune revêt tout à coup des couleurs inattendues, *et il se dégage du pittoresque tableau qu'il présente, un charme qui séduit et attire.*

Involontairement, l'esprit se prend à évoquer des poétiques aldées du Nouveau Monde. C'est le même calme harmonieux et tendre, presque la même végétation luxuriante, et ce n'est pas sans une émotion mêlée de piété chrétienne que les marins, revenant de la haute mer, saluent en passant son humble clocher de granit, à moitié caché sous le feuillage épais des hêtres.

(A suivre.)

www.ingramcontent.com/pod-product-compliance
Lightning Source LLC
LaVergne TN
LVHW011356170726
843501LV00006B/1856